石崤儿女

刘英 著

陕西新华出版
太白文艺出版社·西安

图书在版编目（CIP）数据

石峁儿女 / 刘英著. -- 西安：太白文艺出版社，2025.6. -- ISBN 978-7-5513-3009-1

Ⅰ. I247.5

中国国家版本馆CIP数据核字第2025BE0591号

石峁儿女
SHIMAO ERNÜ

作　　者	刘英
责任编辑	王明媚
封面设计	刘柏宸
版式设计	建明文化
出版发行	太白文艺出版社
经　　销	新华书店
印　　刷	固安兰星球彩色印刷有限公司
开　　本	880mm×1230mm 1/32
字　　数	95千字
印　　张	5
版　　次	2025年6月第1版
印　　次	2025年6月第1次印刷
书　　号	ISBN 978-7-5513-3009-1
定　　价	45.00元

版权所有　翻印必究
如有印装质量问题，可寄出版社印制部调换
联系电话：029-81206800
出版社地址：西安市曲江新区登高路1388号（邮编：710061）
营销中心电话：029-87277748　029-87217872

一

春妮进门看见家里热闹非凡、喜气洋洋。她疑惑地瞪大眼睛问:"妈妈,干什么呀?"

"你不知道啊,妮儿?这么大的事,自己都忘了,明天不是你和杨帆结婚典礼的日子?"

"您说什么呀,妈妈,谁的结婚典礼啊?"

"这是你俩定好的日子啊,亲朋好友都请了,你咋才回来?"妈妈说,"寒冬腊月的,亲戚们都要赶着回家过年,你这个不懂事的孩儿!"听了妈妈无头无脑的话,春妮脑子一片空白,瘫软在炕上,瞬间泪如雨下。多少天来,她一直推迟回家的日子,想把这个恐怖的婚礼推后,想毁了自己与陌生男人闪电式领的那张结婚证书。

"为什么,为什么呀?"她放声痛哭,把一家人都哭愣了。亲戚们大眼瞪小眼地停下了手中的活儿,听着春妮痛苦的哭声,不知说什么好。

妈妈忽然想起了什么,叹口气说:"你们不是商量好的吗?杨帆说你俩商量好要在腊月二十四这个吉日举办婚礼，我们才请人帮忙筹备的呀。"妈妈又继续嗔怪道："结婚这么大的事，你咋都不给父母提前打个招呼。"听到妈妈有点儿抱怨自己的语气，春妮哭得更伤心了。不对，不对呀！他没和自己商量，是他自作主张并忽悠自己的父母准备婚礼酒席的。春妮顿时有一种上当受骗的感觉。这算什么呀，她自己怎么什么也不知道啊！她哭得更伤心了，撑着下乡出诊被狼狗咬伤的右手，趴在炕上号啕大哭。春妮哭啊哭，哭得天昏地暗，哭得地老天荒。有人同情，可是没人支持她。

她多想自己的心上人春生突然闯进她结婚典礼的殿堂啊。春生早就提过"我们私奔吧，旅游结婚也行"，是自己观念传统，矜持软弱，思前想后，迟迟不敢行动。她默默下决心，千遍万遍地呼唤心上人春生，祈祷、幻想春生能突然到来。

可是，突然进来的却是他，是陌生且与自己毫无感情基础的他。在春妮眼里，眼前的他那两只细长眯缝的小眼睛，黑眼珠小，小得出奇；白眼仁大，大得可怕。他像只受到惊吓的小鹿愣在原地，一动不动疑惑地看着她哭。

他根本不了解女人的心，他不懂她在哭什么，为谁而哭，而是像木偶一样愣在那里一动不动。他也不敢靠近春妮，更不敢过问春妮为什么要哭。愣了片刻，他什么也没说，像突然想起来了什么，去洗了手，挽起两只袖口主动帮厨去了。他干他的，他不想知道春妮在哭什么，也不愿意问春妮为什么哭，好像春妮的哭和他毫无关系似的。

看着他，春妮更加痛哭不止，此时此刻有谁能理解她的苦衷呢？

春妮有过自己的真爱，因两家人的彩礼大战和两个人之间的误会，被爱人春生一时的冲动撕碎了心。春生听说春妮赌婚，心儿早已飞到了春妮身边。他心急如焚，将思念之情通过厚厚的书信传递，但书信都石沉大海。春妮的沉默，犹如一把利剑刺进了春生胸口，疼痛从他心底蔓延到全身，令他痛不欲生。春生被父亲和三弟秋生捆绑反锁在东房。他踢门板，砸窗户，绝望地一头撞在墙上。恍惚间，他看到春妮笑眯眯地向自己走来，他想起东房窑洞是他和春妮谈婚论嫁的地方，春妮的身影稳定了他激动的情绪。春生昏昏沉沉睡了三天三夜，迷迷糊糊中，他梦见了一幕幕往事。

二

春节刚过，春妮收到父母让她回家的口信。第二天早上，太阳刚露出半边脸就被一片乌云遮挡了。春妮独自坐上长途汽车回故乡高家堡古镇，去会见那个因父母一句话约定的"娃娃亲"对象。小时候大家一起玩耍的时候，她听到他的姐姐喊他春生。因为生活所迫，春妮从小跟着父母背井离乡到了第二故乡鄂尔多斯。这次，她是带着赌气的情绪回去的，省得妈妈整天絮叨个没完没了。此时春妮有一种强烈的逆反心理，她倒是要回去看看父母说的那家人的门头到底有多高，有多大的魔力，难道一个小镇上的人真有父母和堂哥说得那么玄乎？她根本就不相信。

春妮不服气地想："哼！我多大世面没见过啊。"上大学的时候，京城的柳伯伯给春妮介绍过他一个同乡老战友的儿子。那个老战友是从抗美援朝战场上下来的老革命，是省军区的司令员。司令员的儿子，在省城上大学。司令员和他的儿子，春妮都见过。司令员不但不傲气，对春妮那当农民的妈妈还格外热情尊重。当时他让儿子放假回京城，又把春妮和她妈妈同时约到京城。司令员亲自给她娘儿俩剥橘子、削苹果，还亲自递到春妮妈妈手里说："您吃吧，过去我们都是农民啊，您千万别客气。"春妮觉得，这才是有品质有素质的人吧。妈妈说："女儿呀，你能嫁给这样的人家我也放心了，这也是你的福分啊。"但妈妈又担忧女儿嫁得太远了，以后母女见一面太不方便。妈妈试探着说："要不，让司令员儿子毕业后，跟你一块回鄂市工作吧，不知道人家愿意不愿意。"妈妈思来想去，觉得这样也不太合适。于是，她对柳伯伯说："让春妮自己选择吧，女儿大了，自己的事还是让她自己做主吧，这只是大人的想法。"

春妮是上大学期间认识的这个故乡的老革命柳伯伯的。柳伯伯是参与解放高家堡战役的老革命，也是从抗美援朝战场上下来的老英雄。说起解放高家堡的事，柳伯伯激动得满脸通红，其战斗的场景柳伯伯三天三夜也说不完。柳伯伯虽然身居高位，但他的故乡情结却是根深蒂固的。柳伯伯的家简直就是一个故乡人的办事处，在这生活贫困的年代，只要是故乡的人来到家里，柳伯伯总是热情地招待，家乡饭猫耳朵、疙瘩汤、白面馍和金黄酸甜的玉米面发糕是柳伯伯家常备的饭菜，为了让故乡人来到京城也能品尝到家乡的味道。柳伯伯见到故乡人，总是满脸堆笑，笑起来犹如一尊慈祥的弥勒佛。他怕故乡人拘束，常慢腾腾地用地道的故乡方言给老乡解释说："么（没）事啊，就把俄（我）这里当成是你咪（们）家吧。放心地住，放心地吃。饭不好，吃饱就行。"

春妮当然也是柳伯伯家的常客了。柳伯伯的儿子在空军部队，女儿还在上大学，平时都很少回家。柳伯伯和善良贤惠的柳伯母还专门给春妮准备了一张单人床，准备了专用牙膏、牙刷。他们说："孩儿，这里就是你的家，周末没事，你就回家住吧。"说着柳伯伯和柳伯母慈祥地看着春妮。柳伯伯把春妮当作高家堡古镇石峁的女儿，又看着春妮是个端庄、乖巧、勤俭的好姑娘，于是他在春妮学习和工作之余,常常带着她在几个老战友家做客聊天。

有一次柳伯伯带春妮去在京城工作的同乡汪叔叔家做客,春妮很勤快,帮着汪伯母择菜做饭,乖巧又温柔。汪伯母看春妮仪表端庄又懂礼貌,白净的圆脸上长着一双会说话的大眼睛,还是个学医的女学生,于是私下问柳伯伯春妮有没有男朋友,想把春妮介绍给自家的亲侄子,就是那个军区司令员的儿子。从汪叔叔家做客回来后,柳伯伯对春妮说:"孩儿,伯伯告诉你,汪家那小伙不错啊,他爸爸人也特好,现在是外省军区司令员。这小伙想毕业后来京城工作。你们见见面看合适吗?"在柳伯伯的劝说下,春妮不好意思拒绝柳伯伯的好意,只好恭敬不如从命。"听柳伯伯的安排吧。"她说。春妮在个人问题上终于对柳伯伯松了口。于是,柳伯伯就安排了春妮与司令员的儿子见面。那么大的官,那么大的阵势,那么大的场面她都见过了……最后,因为妈妈的一个要求"我就这么一个女儿,毕业后还是想让她回到我身边成家立业",再加上春妮老是对个人问题不松口,又怕两个家庭悬殊太大,婚后人家瞧不起自己,想来想去,态度就不那么积极了。春妮死要面子活受罪,自己虽然穷,还要人穷志不短。两个年轻人相处几天,不管是坐汽车还是进公园春妮都抢着掏钱。她每次出去还怕别人笑话,不敢与司令员的儿子独处,必须领着一个同学或男方的兄弟姊妹。接触几天后,司令员问儿子："你俩谈得怎么样啊？人家有没有诚意啊？"儿子回答说："好像有点儿勉强。"

三

塞北的初春乍暖还寒，飕飕的西北风顺着汽车车轱辘的转动越刮越大。乌云退去，太阳虽然升起一竿子高，但不知为什么，还是暗淡无光，周围明显地显现出一大圈淡黄色的毛糙光环。母亲说："这是要刮大风的迹象，遇到这样的天气要多穿点儿衣服。"于是，春妮临上车时在小棉袄外又套了一件蓝色棉猴儿外套，这还是在京城上大学时省了几个月的伙食费，花了二十四元买的。她把棉猴儿上的拉链拉到头，脸上戴了一只雪白的大口罩，再加上金边的近视眼镜，把自己包裹得严严实实的，估计任谁也不会认出她。今天，她的心里总是忐忑不安，胡思乱想着坐上了回故乡的汽车。汽车随着那崎岖土路缓缓地行驶，不住地颠簸。车子走走停停，春妮被乘客上上下下带来的冷空气和那泥土里夹杂着的羊粪味，还有那庄稼人常年不洗澡散发的酸臭味熏得睁不开眼睛，胃肠内不停地"叽里咕噜"鸣叫，不时翻江倒海阵阵作呕。她难受地眯着双眼，脸色苍白，浑身瘫软，没有一点儿好心情。"凭什么要让我回去呢？他们怎么不来？"她越想越后悔，越想越觉得不是滋味。"要不是母亲一次次地念叨,我肯定不会回去。"她默默想着。转眼间,车子外面刮起了沙尘暴。风似乎也随着春妮的心情在狂飙、在怒吼,似乎要把坐了四十个人的大汽车给掀翻。在漫无边际的毛乌素沙漠里,汽车抛锚,轱辘卷起一股一股沙子,狂风击打着车窗的玻璃和门框。漫天飞沙走石,太阳早被那混沌的风沙遮盖了,即使时而露出笑脸也是迅速地惶恐躲避,才刚露脸,瞬间就消失得无影无踪了。黄沙侵占了整个天宇,刹那间天昏地暗,哪是天哪是地都分不清了。汽车就这样凭着司机的感觉行驶在弯弯曲曲的公路上,不断地停车,不断地下人上人。上车的人带着满满的黄沙泥土的味道,一个个都用纱巾把脸蒙得严严实实,纱巾有红的、绿的、黄的、白的,更多的是黑色的,都分不清男女老少,此时人们都是防护好自己,谁也没心思去关注别人。大家都默默地坐在自己的座位上,有到站点的便大吼一声:"喂,师傅,停车,我要下车。"狂风中,汽车行走得很慢,很慢,春妮闭着眼睛靠着车座的靠背,随着汽车的颠簸晃荡着脑袋,迷迷糊糊地进入梦乡。突然,有人喊道:"哎,麻燕渠到了,那女孩儿准备下车了哦。"她迷迷糊糊地睁开眼睛一看,乘务员正朝自己呼喊:"说你呢,麻燕渠到了,你该下车了。"说话间车子"嘀——"一声长鸣,停了下来。

两个小伙子犹如杨树一样挺拔地站在汽车门口,车门

"嘎吱"打开的一瞬间,他们机灵地跳上了汽车。其中一个小伙子忽闪着一双机灵的大眼睛,将全车扫视了一遍,接过了春妮手中的挎包说:"春妮姐,我们下车吧。"春妮满脸通红,但是谁也看不见,她的脸被帽子、眼镜、口罩全遮住了。小伙子大概也是凭感觉,春妮不管怎么打扮,气质还是与众不同,浑身的书生气盖过了整个车厢,他一眼就认出是从大城市里回来的姑娘,便走到她跟前喊了一声"春妮姐"。春妮意识到来人就是在这等待接她回去的春生兄弟俩,便跟着兄弟俩下了车。

三个人并排默默走下公路。沿着山脚、随着地形走势挖出的土窑洞,是工人休息室。好几个人住在里边,有人还在添着柴火烧饭呢。炉子里的烟从炕洞里倒着蹿出来,浓烟笼罩着整个窑洞,和锅里的蒸汽混合在一起,直钻入春妮的鼻孔、眼睛。山沟里的风一股一股地卷着沙石无情地拍打着窗户纸和门帘,在土窑洞门前打个转,又霸气地飞到九霄云外了。

春妮没脱外套,只是摘了口罩、帽子,礼貌地向他们兄弟二人笑笑。春妮的那个"娃娃亲"对象春生似乎有点儿尴尬,不知说什么好,只是脸上带着暧昧的微笑。他们有"娃娃亲"这一层特殊关系,两人心知肚明,始终没敢对视。春生作为男孩子自然主动一些,他端了一盆洗脸水放在粗糙的白木凳子上,又拿出一块崭新的羊肚子手巾和一块新打开的香皂默默递到春妮手里。他那双温柔的眼睛里蕴藏着神秘的魅力，传递着甜蜜的微笑，用眼神示意春妮洗脸。春妮接过香皂的刹那间两人的眼神碰撞在一起，不知触动了春妮哪根神经，使她的心儿随即"咚咚咚"地跳动。她努力克制着自己，想起自己刚出发时的那股倔强神气，心想着不能一时被迷人的眼神和热情的关怀所感动啊。春妮深深吸了一口凉气，默默地调整着自己激动的心情。

春生眼疾手快地帮春妮倒掉洗脸水，双手端着一碗滚烫的米酒热情而腼腆地递到春妮手里，他露出神秘的微笑，幽默地嘱咐春妮："趁热喝，暖暖天使娇身啊。"春妮看着他不好意思地抿嘴笑了一下，礼貌地接过米酒放在炕中央的小饭桌上。她看着兄弟二人为她手忙脚乱地忙活着，努力讨好她这个未来的"婆姨（老婆）"和未来的"嫂子"。

炉子里飘出来的柴火烟雾混合着锅里沸腾的水形成蒸气，几个人仿佛淹没在雾气里，彼此都看不清对方的表情。春妮在这朦胧的雾气里，坐在炕沿上，端着那碗滚烫的米酒，吹着热气，抿着小嘴一点一点地品尝着故乡的味道。故乡的米酒和故乡的人一样，朴实、醇香、原汁原味。此时，他们兄弟二人在手忙脚乱地做着那碗家乡风味的面条。春妮被兄弟二人接待她的热情而深深地感动了。

春生用他那修长的手拿着长长的擀面杖熟练地擀着面

团，面团在他手下越变越薄，越摊越大。他又把那舒展开的面皮一滚一叠，一层一层地卷在擀面杖上。雪白的衬衣袖口撸在肘窝，两只胳膊隆起的肌肉缓慢而有节奏地伸展收缩着。如此反复多次卷展，最后，面皮在他手里仿佛被擀成一张透亮的白纸。他又把面皮重叠成细长方形，熟练地拿着切面刀"咚咚咚，咚咚咚……"一口气将面皮切成又细又长，又有韧性的面条，随后抖动着将切好的面条放在案板上，等待下锅。做完这一切后，他随手扯了一块白毛巾擦了擦额头上渗出的汗珠，眼带甜蜜地看着春妮说："饿了吧，一会儿多吃点儿家乡的羊肉臊子面哦。"他擀面的过程中，默默无语的弟弟秋生已经熬好了香喷喷的羊肉臊子。臊子汤里放了海带、黄花菜，还有韭菜。鲜嫩的韭菜在土窑里散发着独特的芳香，也散发着春妮童年的味道。那时候，在这样偏僻的寒窑里，绿油油的蔬菜，给了春妮一种春天般生机勃勃的愉悦心情。虽然在土窑里接待春妮，但是，他们为这碗家乡风味的面条用心良苦。

秋生看着这个未来的嫂子，早已喜在眉梢，主动帮忙往炉子里添柴烧火，用长长的木筷子在沸腾的油锅里煎炸着黄米糕。黄米糕的醇香味滋润着春妮的味觉，她不禁回忆起故乡童年的往事。那时候，母亲为了给孩子们解馋，只有在过大年时拿一片素糕去邻居家的油锅底子蹭上一点儿油星，吃得春妮和弟弟高兴地满院子蹦跳，那香味至今都留在春妮的记忆里。

真是为难他们兄弟了，看着秋生不住地用袖口擦着被柴火烟和油烟熏得流泪的眼睛，春妮似乎有点儿坐不住了。兄弟二人配合默契，做事团结，小小的窑里升腾着一团温馨的气息。春妮心里实在是不好意思，想去帮忙，又觉得不是时候，只好耐着性子慢慢地等待品尝那故乡的味道。几分钟后，春生含情脉脉地把一碗香喷喷的羊肉臊子面条和一盘酥脆的红枣馅儿油糕端到春妮眼前，放在饭桌上。他没说话，只是甜蜜蜜地笑着，用腼腆而又炽热的眼神告诉春妮趁热吃吧。春妮想，这就是高家堡古镇人给远道而来的客人接风洗尘的面条吧。"上马饺子，下马面"是故乡人历来的习俗，外加一盘香喷喷的黄米红枣馅儿油糕，算是对春妮最好的招待了。

虽然外面的狂风还在怒吼，飞沙走石猛烈地抽打着土窑的窗户纸，但土窑里却是一片温馨和谐。春妮没有看见他们有什么大气场，觉得他们兄弟二人都文质彬彬、热情随和。春妮在他们身上看到了故乡男子汉憨厚朴实、善良正直的性格特征。他们脸上都流露出对春妮友好和满意的微笑，默默蕴藏着黄土高原的儿女情长。此时此刻，春妮感到故乡情缘的厚重，但是，她也告诉自己不能随便为情所俘。她心中的底线是结婚必须得到双方父母的支持，尤其是自己的父母。父母从小捡回自己抚养，一把屎一把尿，辛辛苦苦养育自己二十多年不容易啊！为了让父母满意，自己已经几次放弃了追求优越生活的机会。春生对自己热情满满，但是他比自己小三岁。虽然俗话说"女大三，抱金砖"，但春妮还是有些担忧，所以表现出了传统姑娘的沉稳和矜持。

四

黄昏，狂风仍在肆虐，沙尘暴来得更加猛烈了。夕阳早早地躲在了西山后面，天地更加灰暗朦胧了，伴随而来的是刺鼻的粉尘味，弥散在户内户外，让人无处可藏。春妮武装好自己，准备回堂哥家。

"风这么大，怎么能骑车子呢？"春妮忧虑地看着兄弟俩心里想道。春生的弟弟秋生似乎看出了春妮的心思，宽慰着说道："有办法，不害怕，保证能把春妮姐安稳地送回家。"春生虽然比春妮小三岁，毕竟是个男孩子，是走南闯北见过大世面的男子汉。他骑了一辆"永久牌"自行车，用力把车子提起来"当当"在地上碰撞了两下，仿佛在试验轮胎的气是否充满。"还行，没问题！"他微笑着对春妮说。随后，他利索地骑坐在车子上说，"来，春妮，坐我的车子吧！"春妮不好意思地看着他的弟弟秋生没说话。"春妮姐，没事，我哥骑车技术特棒，保证不会把你摔了。"机灵的秋生边说边把春妮拉到了春生的车子旁。春妮看着春生修长的腿已跨坐在自行车的座椅上了,两只手稳稳当当扶着自行车把。聪明的秋生眼疾手快帮着春妮把她的挎包挂在了春生的车头上,又扶着春妮坐上了哥哥车子后面的椅架。小精灵一样的弟弟秋生这一招,打消了春妮和春生的羞涩之情。他们要顶着沙尘暴骑着车子走六十里山路,才能到春妮的故乡高家堡。山路弯弯,在沙尘暴中骑车比较吃力,秋生一人骑着车远远跟在哥哥和春妮后面保驾护航。山沟里的风呼呼怒吼,偶尔夹杂着山雀凄厉的鸣叫声。狂风卷起的沙石不住地击打着三人露在外面的皮肤和眉脸。春生弯腰低头吃力地踩着自行车脚踏板,默默忍受着沙石击打的疼痛。路上的行人寥寥无几,他们三人各怀心思地默默行驶着。

"春妮,冷吗?冷的话,我的棉马甲给你穿上。"春生说着刹住车就要脱棉马甲。

"不冷,你别。"春妮用简单的回答阻止了春生,心想着:"给我脱了,你穿什么呢?"其实,春生骑车已经大汗淋漓,浑身上下冒着热气。

夜幕已降临。刮了一天的沙尘暴也疲倦地渐渐收敛了它那可怕的魔爪。大风过后,空气清新,天气非常晴朗,月牙像小船一样静悄悄地爬上山顶,穿过重重叠叠的树梢,挂在那光秃秃的枣树的枝头上。小小的月牙给小山沟里静静夜行的三人带来了一线光明。

月亮还是故乡的亮啊！春生和春妮在月牙的陪伴下，行驶在崎岖而幽静的山间小道上。弯曲的山路，夹在两座大山之间，月光下，犹如一条沿山爬行的蟒蛇缓缓移向大山深处。

春生凭借自己熟练的骑车技术，带着春妮潇洒地飞驰在山间小路上，还常常用单手把持着自行车头，用另一只手捋顺额头上那一小撮被风吹散的短发，密密麻麻的汗珠顺着发梢滴落。他不时照顾着坐在后座的春妮，时而吹着信天游调子的口哨。春生表面看着非常轻松的样子，实际上心里正反复想着一个让他头痛的问题——他想着怎么能让春妮直接回到自己家，完成父母交给他的艰巨任务。春生的父母为了迎接未来儿媳妇的到来，已做好了一切准备。在镇子里一向有头脸的父亲，昨天专门亲自到红碱淖打捞鱼。父亲说："今天运气不错啊，一网就捕捞了十几条又肥又大的鲤鱼。"然后，父亲又喜上眉梢慢悠悠地说："这是人家春妮娃的福气啊！"

春生的父亲捕鱼回来直接给春妮的堂哥高升送了几条。春妮的堂哥是镇子上的生产大队队长兼书记。春生的父亲有意讨好春妮的堂哥，说："一定要促成春生和春妮两个孩儿的姻缘啊，全看你了，书记。"

春生和弟弟秋生去接春妮，热情好客的杰老太太再三叮嘱两个儿子："不管多晚都要把春妮接到咱家来吃晚饭啊。"杰老太太听说春妮回来，高兴得提前几天就开始准备了，把几间房子都收拾得干干净净，哪怕是一双筷子、一个碗、一根绣花针都要放得整整齐齐、有条有理，被褥拆洗得满屋子飘着清香。

杰老太太自己也穿得干净整洁，一件的确良黑色外套合身地套在她老人家那精干瘦小的身体上，不长不短，恰到好处。杰老太太虽然老了，身形线条还很分明，笔直的身板衬托出她那张美丽而又饱经风霜的瓜子脸，满脸的微笑展现着她老人家发自内心的高兴。此时，杰老太太花白的头发高高地网在后脑勺上，额头周边的碎发也让婶娘用细丝线揪扯得干干净净。春生看得出春妮在母亲心中的地位。杰老太太比儿子春生更急切地盼着春妮的到来。

可是，春妮此刻虽然坐在自己车后座上，两人之间却好像很遥远，很陌生，没说几句话。他不知道该怎么向春妮表达想带她直接回自己家的心意，总不能直接要求春妮去自己家吧，人家可是个大姑娘啊。他几次试探着问春妮冷不冷，春妮总是简单地回答"不冷"，二人再就没话了。他甚至怀疑，京城名牌大学毕业的春妮，是不是看不起自己这个只有初中文化程度的铁路工人——那年铁路招工考试，生产大队的高升书记把这个指标给了春生，他才有机会当上正式的铁路工人。

此时春妮正独自触景生情呢。她坐在春生的车后座上，望着故乡那一弯清澈明亮的月儿。虽然是月初，月儿还是弯弯的，像小船一样挂在树梢上，但它发出的光已无私地照亮人间。在故乡这寂静的月夜里，春妮默默地坐在"娃娃亲"对象春生的车子后座。虽感觉有点儿害怕，有点儿恐慌，有点儿陌生，但她知道故乡的山沟里是安全的。反正故乡的山，故乡的水，故乡那一片片酸枣树林，还有故乡那日夜汩汩流淌的小溪和故乡的月亮，一直陪着有着故乡情缘的他们缓缓行走。此时的春妮似乎已随着春生的口哨声沉浸在悠扬动听的信天游中了。她并不打算延续这段情缘，尽管她并不反感眼前的这个"娃娃亲"对象春生，但她总觉得与他隔着一堵不可跨越的墙。况且，春妮始终觉得，"娃娃亲"只是因为她小时候长得俊俏，讨人喜欢，活泼可爱，大人们随口说的一句玩笑话罢了。

"嗷嗷……嗷，嗷嗷……嗷"，突然，在这荒山野岭中，响起了一声声奇怪的叫声。春妮惊恐地打了个寒战，浑身的汗毛都竖了起来。她双手不由得紧紧抓住春生的衣服，这一刻，春生感到全身触电一样滚烫。春生顺手抓住了春妮的胳膊，声音嘶哑地说："春妮，有我呢。"他迅速刹住自行车，跳下车说："其实，野兽的叫声离我们很远，很远呢，不害怕，要不你坐在我车子前面的大梁上吧。"他一只手扶着车把，一只手拉着春妮的胳膊，硬是把春妮拽到车子前面的大梁上坐下。在这荒无人烟的山沟里，春妮早就害怕极了，也早想坐前面了，只是对春生还很陌生，怎么好意思坐他前面呢？

她想，要是堂哥来接自己，自己早吓得哭叫着坐在堂哥的车子大梁上了。但是现在她不能，她还是个未婚姑娘呢，一定要保持姑娘的矜持和镇定，不能随便撒野。但这突如其来的野兽咆哮声吓得她像一个听话的孩童，乖乖地、老老实实地坐到了春生的车子大梁上。

月光下，弯曲的盘山小路上除了远处独自骑车行驶的弟弟秋生，就只有春生和春妮二人了。

春生喜滋滋地带着春妮，骑着"永久"牌自行车飞驰在旷野上。他突然觉得自己身上的责任重大，任务艰巨，不但要保护好春妮，还要把春妮安全送回家。按照母亲的吩咐，是不管多晚也要把春妮带回自己家。看着春妮那么谨慎，那么纯洁可爱，他真不好意思开口说出让春妮现在就去自己家里。他觉得应该尊重春妮自己的选择，这才是对春妮的真爱。

他见到春妮的那一刻，用眼睛的余光扫了一下，浑身就像触电一样滚烫发热，心里的火苗刺刺燃烧，随之心"咚咚"地跳着。他不知道自己该咋办，当时，还是弟弟秋生帮他化解了那尴尬的局面。说实在的，他根本不记得春妮小时候的模样，虽然曾经听大人拉话时提起春妮，说春妮的模样俊俏，皮肤白嫩，还长着一双惹人怜爱的大眼睛。

　　春妮不到十岁，就跟着父母离开了故乡高家堡古镇。从此，他们这对口头上的"娃娃亲"就没有再见过面。只是近几年春妮的堂哥经常在镇子里炫耀他的堂妹春妮怎么上了大学，怎么有出息，怎么是县城里去京城上大学的第一人。因为高家堡镇子里多少年也没出过京城的大学毕业的大学生，所以春妮的堂哥这样说，一是为了炫耀自家的门风，有这样的大学生妹妹，给他脸上贴金了，他感到无比骄傲和自豪，也满足了自己的那点儿虚荣心；二是确实他对二大（爸）家的这个无血缘关系的堂妹比自己的亲妹妹还要亲啊。

　　春妮的堂哥从小就喜欢二大二妈抱养回来的这个与他没有血缘关系的妹妹。他比春妮大几岁，但他那时候不管到哪里都要带着这个天资聪颖的妹妹去炫耀。妹妹长得确实机灵可爱，谁见了都想摸摸她那粉嘟嘟的脸蛋，亲吻下她那饱满的额头。

　　春天，他带着春妮去放风筝；夏天，他带着春妮去捉蜻蜓，有时还到门前的小溪里去捞小鱼，抓小蝌蚪。不管到哪儿，他都是春妮的"贴身保镖"。别人骂他打他，他都可以忍受，就是不能欺负他的这个小妹妹。记得那时候村里有一个出了名的"洋相鬼"，老爱戏弄妹妹，惹妹妹哭鼻子。"洋相鬼"喜欢看春妮哭鼻子的样子，他一看见春妮就说:"你是捡来的,你大是……"春妮不让他说,哭得上气不接下气,"洋相鬼"偏要说。堂哥看在眼里疼在心上,过去就朝"洋相鬼"脸上"啪啪"打了两巴掌,打得"洋相鬼"鼻子、嘴里鲜血直流。从那以后,"洋相鬼"再也不敢欺负春妮了。

堂哥是镇子上的活跃分子,逢年过节都是秧歌队的组织者和参与者。他常常扮演成一个漂亮的村姑,撑着水船,在古镇青石板街上表演水上漂。他做出划船的样子在大街上扭来扭去,常常引得周围的观众大笑不止。有一年的正月十五,他带着妹妹春妮在古镇街上扭秧歌,一不小心,他和妹妹被熙熙攘攘的人群挤散了。妹妹哭着喊着:"哥哥呀……哎呀,我的哥哥,你在哪儿呀?"她在人群里钻来钻去地哭着找哥哥,哥哥也放下心爱的秧歌水船在人群里钻来钻去地呼唤:"春妮……春妮啊,哥哥在这呢。"他抱起满脸泪珠的小妹妹,心疼地说:"妮儿,你拉着哥哥的手啊。"他给妹妹擦掉了眼泪,自责地亲吻着妹妹的小额头。堂哥还常常给妹妹梳头洗脸,把妹妹打扮得漂漂亮亮。有一次,堂哥给她梳小辫,不小心揪扯了一根头发,她不高兴了,"噌噌"两下就把堂哥给她别了半天的小花全都揪下来,摔了一地,还哭个没完没了。堂哥只好带着春妮漫山遍野地采野花、摘野果哄她高兴。堂哥总是抱着春妮,像抱着一个洋娃娃,走在高家堡大街上,街坊邻居总是用羡慕的眼神笑眯眯地看着他和妹妹。堂哥觉得妹妹给他撑足了面子，他常常为有这样的妹妹而感到骄傲。

现在，妹妹春妮是镇子里独一无二的京城大学生，不光给他老高家争了光，还给高家堡古镇带来了荣耀。

当然，春妮从小也很尊敬和信任这个堂哥，什么事都愿意和堂哥商量。她觉得堂哥虽然没有多少文化，但从小在镇子里耳闻目睹，也学习了不少知识，增长了不少见识。堂哥活泼开朗的性格，决定了他的命运。他是小镇上的生产大队队长兼书记。在这个小镇上，能一直在这个职位上，而且还能一声吼到底，能把大事化小，小事化了，是一个大家信任的大能人，也就是堂哥了。

他常说："我二大和我二妈抱养的这个女儿比自己生的还孝顺。大学毕业后，她还是听我二大和我二妈的话，回到了二老的身边。"堂哥说着，满面春风地咧着嘴看着春妮"嘿嘿"笑着。在他的笑容里包含着另一层意思，就是曾经向春妮提起的那个"娃娃亲"对象春生也是个孝顺的好孩子，他是看着春生长大的。

这次，春生见到春妮，一下子就被春妮的靓丽和特有气质吸引了，她征服了他那颗曾经清高傲慢的心，尤其是春妮那双水灵灵的大眼睛，瞅一眼便穿透他的身心，让他那颗从未被女孩子打动过的傲慢之心"咚咚"跳个不停。

他这一变化被机灵鬼弟弟秋生发现了，秋生轻轻往后推了他一下，抢在他的前面上车叫了一声"春妮姐"，这才缓解了他激动而又木讷的尴尬。

春生虽然觉得父母可能还在焦急地等着他们回去，尤其是迫不及待地想见春妮，但他不能太自私，他要站在春妮的角度想问题。春妮的堂哥和她父母也一定在等着春妮回去。进了城门洞，他试探性地问春妮："跟我回家好吗？"春妮回答说："我先回我哥家呀，再说父母还等着我呢。"春妮毫不犹豫地说出她内心的想法。

五

"妮儿，咋这么晚才回来？"一进门堂哥就冷冰冰地甩给春妮一句话，"全家人眼巴巴等着你呢，心都提到嗓子眼儿上了。"父亲拿着他那杆长长的旱烟锅习惯性地圪蹴（蹲）在灶火圪垴（角落）探着身子，就着炉子里的那点儿火星，用麻柴棍儿点燃后，放在烟锅头上紧凑地吸着。烟锅头里的旱烟一丝一丝地燃烧着，随着父亲一吸一放，燃烧的烟丝一明一暗地忽闪着。旱烟冒着一股股白色的烟雾，带着父亲盼望见到女儿的心情徐徐向空中飘散。

堂嫂听到堂哥埋怨春妮，抬起头笑眯眯地看着春妮。堂嫂那微笑既是对堂哥说话太重的调和，又表达了一种长时间不见春妮的亲密感。春妮看到堂嫂的微笑，心里甜甜的，也就原谅了堂哥的严厉呵斥。"嫂子好！"春妮跑过去稀罕地拥抱着堂嫂喊道。春妮溢出的泪花模糊了视线，她从没把堂嫂当成外人，堂嫂也把春妮当成自己的亲妹妹。堂嫂过门后和堂哥生了四个儿女，但她并不显老。

父亲话语很少，他认可侄媳撑起了他侄子的这个家，也算对得起早早谢世的大哥大嫂了。春妮记得堂哥和堂嫂的婚礼是父母主办的。春妮还记得第一次见到堂嫂的时候，堂嫂穿了一件蓝底红花的衣服，扎着两条又黑又粗的大长辫子。堂嫂眉清目秀，眼睛不大，但眼睛里闪烁着青春的活力，蕴藏着善良厚道的光芒。堂嫂总是眯着细小的眼睛看着春妮，笑眯眯地抚摸春妮那苹果似的红彤彤的脸蛋，又温柔地梳理春妮的发辫。无数个夜晚，春妮静静地依偎在堂嫂那温暖的怀抱里，进入甜蜜的梦乡。春妮真心喜欢这个堂嫂，二人结下了深厚的情意，以至于后来堂嫂一直把她当亲妹妹一样看待。

堂哥自从有了堂嫂和自己的孩子后，就很少再带着她去玩了。春妮曾感到一种莫名的失落，为此她还憎恨过堂嫂。

在堂哥的呵斥下，春妮心想，先回堂哥家是对的，如果跟着春生去了人家家里，父亲和堂哥肯定会伤心，堂哥会对自己大发雷霆不说，还会瞧不起自己的。现在堂哥对春妮口下留了几分情，他平复好心情后滔滔不绝地对春妮说："我们还以为你直接去人家家里了,回到家乡,你就要听哥的话啊。你出门在外多年,不要看你是个大学生,高家堡的规矩和礼节很多你都不懂,千万不能坏了咱老高家门风啊。你是个没过门的女子,一定要注意影响,不要让别人在背后戳咱老高家的脊梁骨。"堂哥一边给春妮拿她爱吃的东西,一边继续说:"你要知道,咱高家堡镇子小,拐角多,人多眼杂,一不小心,你可能就会臭名远扬了。"堂哥的话说得很平静,虽然句句都是古镇祖训,但对在外闯荡的春妮来说,听的是一头雾水。

"哥!不是你们叫我回来的吗?怎么这么多事呢?"春妮略带埋怨地质问堂哥。春妮真不知道故乡礼节这么复杂,八字没一撇,事就这么多。父母以前也告诉过她:"高家堡古镇礼节多,要注意自己的行为,礼多人不怪啊。"春妮心想,早知道这么复杂自己就不回来了,管他什么"娃娃亲"还是"小孩儿亲"呢,自己哪有时间纠结这些问题呢?但她又想,既然回来了,还是乖乖听堂哥的安排吧,什么时候见面,什么时候说什么话恰到好处,都听堂哥的。但她却故意对堂哥说:"天呀!这么复杂啊。明天我就回去,不见面了,就当是朋友迎接了我一回吧。""那也不行,人家那么老远顶着大风把你迎接回来为甚呀?人家老人等你等得快着急死了,把你像高宾贵客一样接回来,你要逃跑?"堂哥满脸微笑着说,"听哥的，你做好准备，明天人家可能要请我们去吃饭。人家老太太已经过来请了几次了，二大硬是不去，说要等你回来商量好后再去啊。"

春妮知道父亲一般不主事，也不爱管事，尤其对于女儿的婚事，父亲更是不干涉，父亲相信女儿这么大了，一定做得了自己的主。而且，这老杰，也就是春生的父亲和父亲又是多年的老邻居，祖宗三代都知根知底。父亲曾说过："只要两孩儿没意见，我也同意。"但堂哥的想法可没那么简单，他要按照高家堡的习俗和礼节风风光光地出嫁这么拔尖的妹子。他想，自己这个哥哥总不能做妹妹的介绍人吧，应该给他们老杰家出个难题，让他们家出面请个介绍人，这样才能显示自己家族的门庭高贵呢。堂哥想让老杰家按照高家堡的规矩，明天先派人来探话，要问什么时候双方能见面，什么时候让两孩儿单独见面，让两孩儿在哪里见面合适。俗话说："天上无云不下雨，地上无媒不成亲。"老杰家应确定请谁来说媒，谁来给双方传话，还要私下商讨好彩礼钱给多少合适，以及其他婚事事宜。

六

春生的父母焦急地等到半夜。是他们催促春妮的堂哥高升，捎书信让春妮回来的。春生的父母说："没有客车不要紧,就让春生和秋生兄弟俩骑自行车去接春妮。"但谁也没想到今天沙尘暴这么大,风刮得天昏地暗。整整一天,春生的母亲杰老太太心神不定地胡思乱想。看来儿子今天接不回春妮,他们是不会罢休的。他们绝不安心自己先睡觉,再说就是睡下也睡不着啊。杰老太太不时侧耳听着外面的动静,还时不时地推开门看看。"嘎吱"一声,四合院的大门终于开了,杰老太太迫不及待地迎了出来,她瞪大眼睛支支吾吾地问:"咋你俩没……"春生微笑着说:"春妮先回她堂哥家看看。"杰老太太轻轻地"噢"了一声,见宝贝儿子春生还是蛮高兴的,便再没说什么。没见到春妮,两个宝贝儿子安全回到家,春妮也平平安安回到了她堂哥家,杰老太太也就放心了。虽说儿子没把春妮接回自己家有点儿失望,但老两口又称赞春妮这孩子还是懂规矩、懂礼貌的。"女孩子矜持一点儿也好,符合我们家的家风。"老两口相互宽慰着。只是,杰老太太一晚上没合一眼,翻来覆去,怎么也睡不着。她想,儿子看来对春妮也很满意。儿子虽然没说话,但是在他那甜甜的笑容里,她已读懂了儿子的心思。再加上那个机灵鬼小儿子秋生有声有色地描绘了哥哥骑车带着春妮的全过程。

秋生说:"妈妈,我哥他骑着车子'拥抱'着春妮姐,顺风撒欢地飞驰,我都追不上他们。"杰老太太半信半疑地默默思索着:"看来儿子是满意的,根本没嫌弃春妮比他大三岁。而今，不知道春妮会不会同意这桩婚事，能不能看上儿子。人家是在大城市见过世面的女孩儿，又是京城名牌大学毕业，俺那宝贝儿子春生只是个修路工人。"不过她相信自己的儿子虽然是个工人，但也很出色。他在铁路上干得蛮不错，勤快能吃苦，人缘也好。儿子从小就懂得尊老爱幼，助人为乐。邻居家老头腿脚不利索，他儿子不在家，水缸里常常没水吃，只要春生在家，都会主动到河边担水添满老头的水瓮。为此，老头常常逢人就夸："春生是个懂事的好孩儿，将来一定会讨个好婆姨。"另外，春生对父母也很孝顺，工作以后常常给父母买一些稀罕的食品和营养品，让父母补身子。春生脾气温和，性格开朗，和人交往会让人感到很舒服。杰老太太打心眼儿里喜欢这个既有担当又有责任感的宝贝儿子，她相信儿子考虑问题稳妥，做事顾全大局，要不然高家堡古镇里的青年那么多，也不会唯独选上自己儿子去铁路当工人。杰老太太越想心里越自豪："俺儿子春生相貌堂堂，长着一双会说话的大眼睛，是个拔尖的好孩儿，和春妮在一起，就是天生的一对。"她想，只要春妮能看上春生，不管提出甚条件，她都会答应。

  杰老太太相信，这两个孩儿成亲一定是很不错的：一方面知根知底，不用再去刨根问底地打问；另一方面，她觉得春妮父亲虽然本事不大，但也是个老老实实的庄稼人，不会和别人耍心机，她还是很满意的。老太太越想越高兴，越高兴越睡不着觉。她认为，春生他大是古镇里的大能人，精明能干，什么事也难不倒他。对这个未来的儿媳妇春妮，春生他大也很满意，从他的行动上就能看出来。他积极主动地亲自去钓鱼，还亲自给春妮的堂哥送了几条。

这个夜晚杰老太太脑子里像放电影一样：平时春生他大整天嘴里叼着一杆旱烟锅，没事就躺在自家的炕上抽旱烟。他和镇子里的人很少往来，显得有点儿清高，对老婆孩儿们倒是很温柔，从不大声讲话，总是先笑笑再出声。宝贝儿子春生随了他大的性格。镇子里的人，春生他大只能瞧得起数得见的几个文化人，其余的谁都入不了他的眼，尤其对生产大队的事他一贯不关心。说实在的，春生他大对生产大队队长高升咋咋呼呼的样子有点儿瞧不起，这次他能亲自去送几条鲤鱼也是看在春妮的面子上。

第二天早上，太阳爬上高家堡古镇东边的石峁山头，天空晴得没有一丝云。据说五千年前，石峁山上有华夏龙山人最大女皇的宫殿，常常有人放羊、种地时一不小心就会被古玉和掩埋了几千年的金器给绊倒。孩儿们不认识这些古董，有时竟捡回去当斧子使用呢。后来，传说石峁山上有灵气，只要太阳爬上石峁山顶光芒四射，女皇就会显灵。

杰老太太心想，今天是个好日子，太阳也显得格外明亮而温柔。和煦的阳光照着她那明亮洁净的大正房，照得她心里亮堂堂地爽快。杰老太太匆匆洗漱完毕，又觉得额前有几根头发还是不听话，自由自在地飘在眼前，影响了她的视线。于是，她把那几根头发重新整理了一番。但还是有几根头发仍在调皮捣乱，她用右手食指在嘴角上蘸了点儿唾沫星子，把那几根发丝捋到两鬓，换了一套干净的黑色外套，平平展展的，没有一点儿灰尘和污点。尤其是这件外套，用黑布条编织成小葫芦形状的盘扣，从脖颈开始，一对一对延伸到右腋下，扣得整整齐齐。七对盘扣不远不近，规规矩矩爬向右腋下衣襟边缘，一对不多，一对不少，很有分寸，很有规矩，显示着杰老太太严谨而高傲的生活态度。一块雪白的四方手帕搭在右肩部那颗盘扣上，老太太时不时地掏出来擦擦鼻尖上由于紧张和劳累而渗出的细密的汗珠。擦完习惯地随手又塞进怀里。这种搭在右肩上的手帕显示了高家堡古镇遗留下来的古文化风韵。杰老太太把自己浑身上下都整理好了，才去喊醒春生兄弟俩："孩儿，不睡了，赶快起来准备准备啊。"她边喊边把坛子里腌的大红酒枣装了满满一盘，又说："今天，咱要请春妮家人来吃饭，咱得好好招待人家，不能失了老杰家的面子啊。"

杰老太太心里还盘算着，这么多年第一次见春妮孩儿，应该拿点稀罕礼物吧，大红酒枣是高家堡镇上迎贵客较讲究的特殊礼品，她要带着大红酒枣先去看看春妮，并把他们请过来吃顿饭，再谈谈俩孩儿的婚事。她琢磨着，该有的礼节自己家一定做到，剩下的就看俩孩儿的缘分了。

杰老太太挎着一篮子大红酒枣，用白羊肚毛巾盖得严严实实，却盖不住刚出坛的酒枣散发的诱人味道。老太太自信满满，一步一颠地走在高家堡古镇青石板街上，街两旁的买卖人好奇地交头接耳，眉目传意，奇怪这个从不出门的老太太现在挎着篮子去谁家呀。书记家呗，人们猜测着。

杰老太太掩不住心底的喜悦，嘴角上翘，眉开眼笑。不管别人怎么议论，怎么猜测，她心里只想见未来的大学生儿媳妇春妮。此刻，仿佛满大街的人都在向她恭喜祝贺，羡慕她将有一个名牌大学的儿媳妇。她心里美滋滋的，挺胸昂头地走成了高家堡古镇一道亮丽的风景线。

传统贤惠的杰老太太，外面的大事小事她从不过问，今天为了春妮，她硬着头皮走出来。她心想：管他呢，只要春妮和春生俩孩儿的婚事能定，我做甚都愿意。

她回忆起春妮小时候的模样：粉嘟嘟的苹果脸蛋，长长的睫毛，忽闪着一双水汪汪的大眼睛，额头上小小的美人尖深深烙在她心里，着实惹人亲啊。唉！女大十八变，现在不知娃儿出落成甚样了。杰老太太一路走一路想，不知不觉到了春妮堂哥家的四合院门口。

她犹豫了一下，捋了捋头发，习惯性地拍了拍身上的灰尘，侧身贴着墙，倾听院子里的动静。

此时正房传来说话声，她直奔正房喊："高升家的，在家没？"人没进门，清脆的声音先传进屋，这是小镇上一种打招呼的礼节，意在告诉主人自己来了。

"来了，来了，杰婶来了呀！"春妮的堂嫂应答着，一方面告诉春妮是春生妈来了，同时礼貌地回应杰婶，并满面春风地推门而出迎接。

春妮紧张得心儿"怦怦"直跳。她摸着胸口，奇怪心为什么跳得这么厉害。她捋捋头发，试图使自己平静下来，然后跟随堂嫂一起礼貌地迎上去。她不知道该怎么称呼杰老太太，只是腼腆地朝老太太笑笑。

和同镇子的人谈婚论嫁，春妮心里感觉怪怪的，不是滋味，虽然石峁山下的高家堡古镇，千百年来流传着"高家堡城小拐角大，有了姑娘不外嫁"的说法。春妮心里嘀咕着，顺其自然吧。

堂嫂热情地招呼着杰老太太："你看你，来就来嘛，还拿东西做甚，咱家都有啊。""我知道你们不缺红枣，我给春妮娃拿来尝尝。"杰老太太顺势把篮子推给春妮的堂嫂。

杰老太太握住春妮的双手说："看看，女大十八变，越变越好看啊！"她还提起春妮小时候像个洋娃娃一样惹人亲，现在出落成一个俊女子了，眼里充满对春妮的喜欢。春妮不好意思地低下头。"杰婶,我们回屋说吧。"堂嫂的话缓解了春妮一时的窘迫。春妮轻轻扶着杰老太太进了屋。

春妮的父亲习惯性地拿着旱烟锅,半仰在炕角抽烟,见杰老太太进了门,他坐起来指着炕沿让她坐。

杰老太太顺着春妮父亲所指的炕沿坐下,同时笑嘻嘻地对春妮父亲说:"昨晚等你们过来吃饭,你们咋没来啊?"她看春妮父亲没吱声,又扭头看看春妮说:"今儿,你们可一定要来呀,不管咋说,咱也是多年老邻居,多年不见了,一块儿拉拉家常也好。""嗯。"春妮点头应和,几人又寒暄了片刻。

杰老太太站起身拉着春妮堂嫂的手说:"高升家的,你不要做饭了,都去我家吃吧。我先回去准备,你们中午一定过来吃啊。"杰老太太不放心地又叮咛一遍,然后一颠一颠地走出了大门,并回头再三叮嘱春妮堂嫂:"中午一定过来吃饭啊,过去都忙,咱们好不容易能一起吃顿饭,叙叙旧。"堂嫂微笑地答应着。

送走杰老太太,堂嫂歪着脑袋似笑非笑地看了看二大,然后转向春妮说道:"高家堡请人必须请三次,才算真心实意。按常礼,中午春生还会来请一遍,如果他再来请,你和二大一块儿去吃顿饭。"她不放心地又叮嘱春妮说:"吃饭时,暂且甚也不说啊,你俩的事,看看他家动静再说。"

刚进门的堂哥接着堂嫂的话说:"女娃娃家,要稳重,不要犯傻啊。"堂哥怕春妮感情用事,一激动答应人家。"太麻烦了,都什么年代了,还这么多条条框框。"春妮脱口而出。堂哥嗔怒地对春妮说:"你不懂,听哥的,哥是为你好啊。"

"好,好,好,为我好。好哥哥,我听你的还不行吗?"春妮拉着堂哥的胳膊撒娇着说。

堂哥借口去开会了。堂嫂催促春妮:"你收拾一下,整理一下自己的头脑脚手。"她看春妮无动于衷,又说:"老太太今儿来见你,打扮得精干利落,你这样去人家家里,咋行啊?"

她说她的,春妮只管看书,看着春妮满不在乎的样子,堂嫂又说:"你从大城市回来,更要打扮得不逊她。""哈哈,笑话,我和她比什么嘛。"春妮看着书头也不抬地回应道。她早已陶醉在张爱玲的《倾城之恋》中了。

一阵急促的脚步声打断了春妮的思绪,随后响起轻轻的叩门声。"高升哥,在家吗?"堂嫂听到声音微笑着给春妮使了个眼色,悄悄地告诉春妮:"春生来了。"

堂嫂推开门说:"哟,春生,进来啊。"她上下打量着春生又说:"又长个子了啊,你们铁路工人还是吃得好。"堂嫂边迎接边让春生炕上坐,还笑嘻嘻地说:"还是要进城啊，大米白面养的你白白胖胖，更帅气了呀。"

春生吐了吐舌头微笑着说："白吗？铁路工人风吹日晒的。"春生说着眼睛凝视着春妮，暗示她行动。"叔，饭做好了，我们过去吃吧。"他帮春妮父亲提好鞋子，又笑呵呵地对春妮的堂嫂说："嫂子，高升哥回来，一块儿去吃，准备了一大桌子好吃的饭菜呢！"且说且走，他们来到了杰家四合院，春生的父母将春妮父亲迎到正房热情招待。春生拉着春妮回到东房，炕上摆了一张古老的八仙桌，桌子不大，古香古色，桑木框架，做工精细，桌面平整合缝。连接桌腿之间的横梁边框上雕刻着古老的石峁城宫殿图纹，显示出穿越时空的岁月痕迹。桌面上摆满了各种小吃食，紫砂壶里泡好的茶散发着淡淡清香。儿时，春生、春妮和巷子里的小伙伴，偷吃家里腌制的酒枣和酒葡萄，站岗的、放哨的、钻地窖的，生龙活虎。淘气的春生仗着母亲的宠爱，打开母亲精心密封的泥盖子，尽情地陶醉在酒枣、酒葡萄中。胆小怕事的春妮蹲在墙圪崂不说话，忽闪着大眼睛看着春生，等待春生给她分享美食。他们你一颗，我一颗地吃，那可是一辈子沉淀在心里的甜蜜记忆啊。

"烧酒泡制过，还用消毒吗？"春生故意逗问春妮。望着春生嘴角深陷的酒窝和笑起来那迷人的眼睛，春妮心"嘣嘣嘣"狂跳。她羞涩地低头不语，拿着酒枣在手里捏来捏去。春生看着春妮红晕弥漫的脸颊，递给她一碗米酒，说："喜欢，你就多喝点儿啊。"他看春妮没吱声又开玩笑说："你喜欢吃南瓜子，我帮你嗑瓜子吧。"他回忆起小时候给春妮嗑瓜子的样子，千方百计想逗她乐。"我自己嗑。"春妮在盘子里胡乱抓了几颗南瓜子。高家堡人习惯在小河边、水道旁、墙角下、院子角落里、庄稼空隙间种南瓜，长长的藤蔓无拘无束地蔓延，攀到院墙上和房顶上，爬到堤坝上，有的沿着树干自由自在地爬上树梢，一路开花结果。秋天看着那又圆又大的南瓜，种瓜人喜出望外。南瓜吃起来又黏又甜，可以蒸着吃，也可以做成南瓜粥喝，还可以把绿豆煮在南瓜汤里，有去火、解油腻、清热解毒、清理肠道的功效。晾干的南瓜子，是孩子们聚会、看戏、看秧歌时的零食，也是有情人约会时的开心果。一把南瓜子，为高家堡古镇结下了多少良缘，种下了多少犹如南瓜蔓一样无拘无束蔓延开花结果的情种，使人们世世代代在古镇上繁衍生息。

而今，南瓜子又一次把生活在两地的有情人联结在一起。他们有着共同话题、共同语言、共同爱好、共同的生活习惯，谈论着童年趣事和国家大事，探讨着未来共同发展的梦想，沉浸在荷尔蒙高涨的激情中，有说不完的话题。春生听着春妮为人民服务的雄心壮志和高昂情绪，趁机把话头转向了这次见面的主题，说："春妮，为人民服务是我们的责任,当今青年有一颗火热的心是对的,但我们年龄不小了,父母日夜操劳,催促婚姻。"他一边说一边缓缓地给春妮斟了杯热茶,继续说:"我受父母之命,专程请假回来和你约见,我是真心喜欢你的。"春生坦白了自己的态度,希望春妮能表态。春妮一脸羞涩,感到体内有什么东西在涌动,羞于启齿。春生读懂了春妮的意思,劝说道:"'女大三,抱金砖',年龄不是问题,我娘比我大大两岁,他们一辈子都没红过脸;我大爹比我大妈大三岁,我大爹还是省城工会主席,他们生活和和睦睦。"在春生的耐心劝说下,春妮的心理防线渐渐被突破了。

春妮矜持的少女心,早被眼前成熟帅气的小伙子吸引了。她不知不觉喜欢上了这个比自己小三岁的帅哥。他那迷人的微笑、充满磁性的声音,让她无法抗拒。他那一高一低的肩膀,给她留下了独特的记忆。

春生近距离凝视着春妮,她那粉红色的苹果脸蛋,像抹了胭脂,引人注目,饱满开阔的额头上小小的美人尖增添了她女性的魅力,尤其她身上那种满腹诗书的气质令他神魂颠倒,让他深深陷入了爱的泥潭。他努力压抑着内心的激情,慢条斯理地说:"春妮,不瞒你说,咱俩的事,我心已定,请假回来时,我在单位已开了结婚介绍信。"他嘴边酒窝里洋溢着甜甜的爱意。春生沉默片刻又说:"每当大人提起咱俩那不成体统的'娃娃亲'时,我都会想起你小时候纯真善良、哭鼻子抹眼泪、招人喜欢的模样。小时候我最喜欢和你一起玩。"

东窑里，春生和春妮谈论得热火朝天，而在正房窑洞，春生父亲和春妮父亲也称兄道弟，拉话投机，不时传来欢声笑语。一向不爱说话的春妮父亲，在烧酒的作用下把埋在心底的喜悦一吐为快。他向春生父母炫耀女儿春妮带他去京城参观故宫里皇帝睡觉的地方。

四合院里飘满了浓烈的烟酒味和炖鱼的香味，小猫、小狗东闻闻、西舔舔，在院子里寻找美味，给往日宁静的小院增添了活力。

"哥，春妮姐，吃饭啦。"淘气包秋生隔着东窑窗户喊道。秋生喊完，笑着转身要溜。"知道了，你帮我们端一盘过来呗。"春生担心春妮去正房吃饭不好意思，再说，他还想和春妮多单独待一会儿，所以干脆让弟弟把饭端过来。春生的想法正中春妮心意，要不然在那么多人面前，尤其是在春生父亲面前，她更不知所措。该行什么礼，该怎么称呼，她想自己可能应付不了。

秋生给他们端来清炖鲤鱼、肉片小炒，以及高家堡特有的肉丝炒白菜条、粉条拌豆芽、肉末炖豆腐，还有两个白面馍馍。每个馍馍都笑逐颜开，馍馍顶头还点了圆圆的小红点。"不够吃再拿啊，馍馍管饱吃。"淘气的秋生抑制不住内心的高兴，忍不住逗未来的嫂子。而今，他多想叫春妮一声"嫂子"，但他不敢。昨天晚上，哥哥春生教训他，让他看见春妮不要鲁莽，不要放肆。哥哥说："春妮是文化人，说话做事文雅，可不像咱一样，想说啥说啥。"秋生今天表现得很老实，一直在厨房帮母亲做饭，让哥哥和春妮姐单独说说心里话。别看秋生还小，他早有了自己的心上人，那个人便是镇子里的"小洋人"。父母说什么也不同意他这门婚姻，他们私下偷偷来往，纠缠不清。他理解哥哥和春妮姐此时的心情，愿意早日促成他们的婚姻。

七

"天上无云不下雨，地上无媒不成亲。"当天晚上春生就随父母去了姑姑家。姑姑美娇，五十岁出头，身材矮小，白皙的脸上镶嵌着薄薄的嘴唇，嘴角挂着傲慢的微笑，说话滴水不漏，一看就是高家堡古镇的"街油子"。

"让我去高升家探话啊？"姑姑不屑一顾地问。杰老太太为难地说："他姑，你去帮忙问问看人家女孩有什么要求，他老高家的闺女能嫁到咱老杰家做春生的婆姨，咱老杰家算烧高香了呀！"春生姑姑刁钻刻薄地说："咱家春生仪表堂堂，浓密的睫毛下忽闪着迷人的眼睛，单看那深深的小酒窝，嘿嘿，哪个女孩儿不动心啊？"她骄傲地看了看春生，对春生的父母继续说道："是你们不放手，不给孩儿自由恋爱的机会嘛，还要逼着孩儿返回高家堡找婆姨。"

"他姑，这话咱且不说啊，而今，不是为了春妮这孩儿吗？"杰老太太劝说着小姑子。

听了姑姑的这番话，春生决定自己的事自己办。"我也是成年人了，我俩新事新办行吗？实在不行，我带春妮回单位发瓜子和糖果，再简单举行个婚礼仪式。"说完春生自信满满地一甩袖子走了。

春生父母却说："不行！大人不出面，让人家咋想我们呀，这事我们管定了，就让你姑姑去探话吧。"

第二天，太阳在石峁山后冉冉升起，春生虽然不同意父母操办婚事的方式，但还是按照父母的吩咐，拿着两瓶西凤酒、两条金丝猴香烟，还带了各种花花绿绿的糖果糕点，跟随姑姑去春妮家探话。

春生端着糖果盘，给凡来捧场的人，不管大人还是小孩儿都发喜糖，吃到糖果的人都咧着嘴哈哈大笑地说："甜蜜蜜，确实甜蜜蜜。"

抽烟的，喝茶的，聊天的，石峁儿女习惯聚在一起畅聊，先是天南地北地聊，再慢慢聊到现实生活。天真无邪的孩儿们在厅堂追逐嬉闹。

"大家安静一下，"春妮的堂哥双手合十，拜托大伙儿说,"下面由美娇姐给大家说几句。"堂哥把话语权主动交给了春生的姑姑美娇。

"我说就我说,"美娇先抿了口茶水然后说,"我代表大哥大嫂和你们老高家商量一下春生和春妮俩孩儿回故乡订婚的事宜。"

她快速眨着眼睛继续说:"如今,我大哥大嫂对春妮这孩儿是满心喜欢,不过大哥大嫂日子过得紧巴,两个儿子都要找婆姨,难哪!"她长叹一口气,转动着眼珠扫视着人们。

"生活再穷,也不能影响儿女婚事啊!""孩儿们没意见,事情就好办。""不管咋说,大能人老杰家不是一般的家庭啊!""是啊,娶一个大学生儿媳妇,不能空手套白狼。"……大家七嘴八舌地议论着,眼光齐刷刷投向满脸红晕的春妮。

听了春生的姑姑以及众人的话,春妮的堂嫂坐不住了,她思考了片刻说:"我二大二妈养育春妮不容易啊!"她瞟了一眼春生的姑姑又说:"按咱古镇的老规矩给二位老人缝一身衣服,做一床铺盖,不过分吧?"堂嫂没说给春妮要什么,只是实实在在地给春妮父母要了礼物,还说:"再准备两块二蓝地毯,这是咱古镇娶媳妇的老规矩。"

亲朋好友还为春妮要了零花钱、衣服、袜子、高跟皮鞋……最后连一条红裤带也有人要了。

听到要彩礼的呼声此起彼落,要这要那,俗气得令春妮发呕。她看着春生那迷人的眼神笑眯眯地凝视着自己,多想说一句"我喜欢他,甚也不要",但话到嘴边她没敢说。在这喜欢八卦的古老小镇上,她不能在这种场合表达自己的真心,那不是给高家堡人留话靶子吗?事后他们会东家长西家短地八卦"老高家女儿年龄大了,着急嫁汉,甚也不要,跟上男人跑呀",自己会成为高家堡古镇人茶余饭后议论的焦点。

春生听了春妮的亲朋好友要那么多东西,耸耸肩,没说话,心里很矛盾。要不是为了春妮,他早就拉着父亲说"我们回家吧,这婚我不订了",可是,他不能,因为面前是让自己心动的春妮。管他呢,尽自己所能吧。

等到客人都走得差不多了,春生急切地想和春妮私下谈一次话。他着急地东张西望,看到春妮在送客,便大胆地拦住春妮说:"春妮,我们单独说几句话好吗?"春妮点头答应。"那我们去石峁山下秃尾河畔走走?""好。"春妮大大方方应允,她也正想跟春生说说话。

春妮回家给堂嫂打了声招呼,便随春生一同出了门。

春妮与春生两人并肩走出古城门,默默顺着秃尾河边漫步。夕阳染红了秃尾河雪白如银的冰面,冰面弯弯曲曲绕过石峁山古城小镇延伸向远方,能听到冰面下河水潺潺流淌的声音。一切都沐浴在祥和的古色古韵中。潺潺流淌的秃尾河水,仿佛在低吟一曲优美动听的信天游。

春生认真地对春妮说:"你们家提的要求,我尽量都会满足的,我会让你过上好的生活。"春生停顿了一下又腼腆地说:"春妮,我们订婚吧!"春妮羞涩地点了点头。

夕阳下,二人眼前浮现出儿时在冰面上追逐、打闹、嬉笑的场景。走着走着,春妮不小心打了个趔趄,差点儿摔倒,春生一把将春妮拥进自己温暖的怀抱,别样的温暖融化了少女的心。

八

几天后的一个清晨,太阳从石峁山上徐徐升起,和煦的阳光普照着石峁山下的高家堡古镇。沉默已久的老榆树在微风吹拂下,晃动着枝条,喜鹊在树上叽叽喳喳叫个不停。

杰老爹嘴角洋溢着喜悦,带领儿子春生、秋生和侄子明武等一行人缓缓向高升家的四合院走来。明武捧着两盒糕点、两盒糖果在前面开路,糕点和糖果的盒子上都贴着大红喜字。秋生和几个后生抬着鲜嫩的山羊肉、一袋雪花粉、两箱西凤酒,上面也都贴着大红喜字。春生抱着两瓶红灿灿的瓷瓶西凤酒,瓶颈上拴了两条红丝绸飘带。其他人抱着两条红色金丝猴香烟。春生嘴角的酒窝里溢满了笑容，乐呵呵地讨好春妮的堂哥堂嫂说："哥，嫂，你们辛苦了，抽支香烟休息休息啊。"他一边仰着头望着春妮，一边给哥嫂每人递了一支香烟。堂哥堂嫂微笑着接过春生递来的香烟。"刺"一声，春生擦着火柴，双手圈着挡风，点燃了堂哥堂嫂手上的香烟。

春生父亲杰老爹是镇上的大能人，平时话语少，轻易不和镇上人打招呼，常常显出一副难以接近的清高姿态。今天，大能人亲自带着儿子踏进老高家的门，在场的人都被惊得两眼大睁。古镇有名气的大能人亲自拜访，确实给了春妮最高礼遇。单凭这一点，春妮也算为老高家挣足了面子。春妮心里也有几分骄傲，在众星捧月中，她感到春生一家人在古镇上的威望，有种书香门第式的文化修养素质，家庭成员间也都和睦融洽。她对自己将来能和春生一起生活，并进入这样的家庭而感到欣慰自豪。

春妮的堂哥堂嫂朝着春生父亲杰老爹走来，笑脸相迎。堂嫂说："叔！来了啊。"杰老爹微笑着默默点头。

堂哥高升今天第一次改口叫杰老爹"叔"。春妮心里明白，堂哥堂嫂也是为了自己才改口叫杰老爹"叔"的，她想："可惜妈妈离得远，今天不能参加自己的订婚宴。"春妮脸上露出一丝别人难以察觉的伤感。

杰老爹被安排和春妮父亲一桌用餐，一贯沉默寡言的春妮父亲笑着给杰老爹让座，并递给杰老爹一支香烟。春妮父亲、杰老爹,还有春妮的几个舅舅和长辈坐在正房大炕中央。春妮的堂哥说:"滚烫的土炕方便老人喝酒、抽烟、唠嗑。"春生的堂哥明武和春妮的几个表兄弟姐妹另坐了满满一桌。瞬间宾朋满座,大家开始家长里短,谈论去年的收成和年景,谈论儿女情长,谈论今年的景象和当下的新闻……高家堡古镇上有文化的人趁机高谈阔论,以显示自己知识渊博。

大家看着春生杨树般挺拔的身材,时尚的铁路制服,白衬衣、蓝制服,相貌堂堂,含情脉脉地看着春妮,称赞道:"这才是郎才女貌,天配姻缘啊!"大家顺着春生的眼神望过去,春妮端庄大方,满腹诗书气息,穿着红色毛衣,梳着大辫子,白皙、细嫩的脸蛋上忽闪着洋娃娃一样迷人的眼睛,眼神里蕴藏着滚烫的热情。

代表主家的堂哥讲话敬酒完毕,把酒杯交给了主持人袁哥,袁哥爱说爱笑,幽默打圆场。春生、春妮按辈分开始一桌一桌敬酒,并收到了满满的祝福。姑姑舅舅们把仅有的一两元钱大红包悄悄塞给春妮和春生,春妮和春生默默拜谢过姑姑舅舅们。

轮到给春妮的表兄弟姐妹敬酒时,他们要求春生讲讲两人恋爱的经过。春生看今天不说不行,便歪着脑袋,吐了一下舌头说:"我从小就暗恋春妮,你们不知道啊?"他看看春妮又说:"不瞒你们说,小时候一见春妮,我的心就'咚咚'跳,那个跳啊……无法形容。""哈哈——"大家哄堂大笑。

春生掏出一块四四方方的洁白手帕,手帕上绣着一对鸳鸯,栩栩如生。他将一支紫红色钢笔放在手帕上一并递给春妮,并凝视着春妮说:"你喜欢写日记,我把这支钢笔送给你。"大家齐刷刷看向春妮,春妮会意地掏出一块浅蓝色花格四方手绢,上面绣着"花好月圆"几个字,作为与春生互换的礼物。"花好月圆"几个字是她近几天晚上在堂嫂家的煤油灯下绣的。她刺绣时,还被堂哥堂嫂打趣:"哈哈,女出外向,骨头另长,这还没过门,都把心交给人家春生了。"

春妮和春生沉浸在喜悦中,尽情满足亲朋好友的要求,让大家开心。第一批亲朋好友吃饱喝足了,用手抹抹油乎乎的嘴唇,陆续起身离去。春生父亲和堂哥明武也早就与春妮的父亲和长辈们打完招呼退席了。最辛苦的是厨师和春妮的堂哥堂嫂,他们忙前忙后地招呼客人,唯恐招待不周。订婚流水席吃到下午四五点钟,吃了一席又一席。老杰家又派人送来了羊肉和面粉,后面来的客人只能吃到一大碗羊肉臊子饸饹面和几块黄澄澄的年糕了,他们一般都是远亲和近邻,来凑个人气。订婚宴在石峁山下高家堡古镇老高家的四合院里红红火火热闹了一天。

九

　　第二天，春生准备随春妮父女返回塞外，去拜见丈母娘。到县城要坐汽车，车上很拥挤，人们有坐的、站的、蹲的，老弱病残者就随便找个地方仰着、靠着。要坐两个多小时汽车才能到县城。幸运的话，他们能赶上一趟县城到塞外的拉货车，否则就要在县城旅馆住一宿，第二天再坐去塞外的班车。谁也说不清从高家堡镇子坐上汽车到县城要走几个小时，正常情况下两个多小时能到，有时候遇到天阴下雨，或者汽车出了故障，可能半天都到不了。人们挤在汽车里，说话呼吸都困难。有人打喷嚏，唾沫星子、鼻涕雨到处乱溅。不知是谁吃坏了肚子，排出一阵恶臭，熏得人难以忍受。

　　有洁癖的春妮用手捂着鼻子，努力缩着自己的腿脚，唯恐影响他人。春生默默保护着春妮。被汽车颠得恶心欲吐的人喊"停车，我要吐啊"，随后呕吐物四处飞溅。汽车内是农村人欢乐的小世界，他们说笑戏逗，调侃起哄，想方设法让大家哄堂大笑，有的就地取材，随口编唱信天游……

　　为了让父亲坐得舒服点儿，春妮自己靠窗户站着。她站立的地方只能放下一双脚，当汽车沿着陡峭的坡爬至山腰时，春妮看到下面黑乎乎的万丈深渊，吓得两腿发软，晃荡着身子。春生帮她挤出一点儿地方，不好意思去伸手拉她，拽了下她的衣襟示意她坐下，因为春妮的父亲坐在旁边，他怕老丈人看着不舒服。

老天爷的脸，说变就变，一时天空乌云翻滚，飘落的雨雪无情地袭击着汽车上的乘客。汽车的轱辘开始打滑，汽笛发出"呜呜"的声音。崎岖的山路上，两面都是万丈深渊，满载客人的汽车爬到半山腰，在狂风和雨雪中摇摇晃晃，进退两难，只能一颠一颠慢悠悠地行驶。春妮吓得闭着眼睛，咬着牙齿，紧握拳头，默默为正在爬坡的汽车加油。

春生却很镇定，他凭着铁路工人的眼力，探出身子端详，汽车轮胎的气似乎还足，又看看路边的环境，心中有了把握。"大叔，大婶，兄弟姐妹们，大家千万不能慌啊！"春生喊话鼓励大家。

那个唱信天游的小伙子，一时乱了方寸，一条腿迈出汽车窗户准备逃生。"危险，不要命了！"万分危急的情况下，春生拉住小伙子。

此时，春生灵机一动，计上心头。他给小伙子和其他男乘客每人点燃一支香烟，并对着所有人说："叔叔大爷，兄弟姐妹们，我们给司机加把劲儿吧，大家说好吗？"人们看着这个相貌堂堂、活力四射的年轻人点头答应着。"我们一块儿唱支歌吧！"春生号召大家。大家纷纷响应道："好！"春生让大家唱歌声音低一点儿，别影响司机的注意力。随后,他带头组织大家唱起了"下定决心,不怕牺牲,排除万难,去争取胜利……"一支歌唱得大家缓解了紧张的情绪,司机因乘客的偏激言行带来的压力也减轻了,专心把握着方向盘在那险要的陡坡上挣扎,但车子还是一进两退地打滑。

万分关键时刻,人们突然听到司机雷鸣般的吼声:"车上的弟兄们,谁能下车帮忙在车轱辘后垫块石头啊?"听到吼声,人们探出脑袋左右看看,悬崖下那无底深渊让人头晕眼花,两腿发软。乘客你看看我,我看看你,谁也不吱声,谁也不敢动弹,刚才那个准备跳车逃生的小伙子也被眼前的深渊吓蔫了。眼前情况不容春生多想,司机发出吼声那一刻,他瞅准了一棵长在路边的老榆树,毫不犹豫地脱了大衣甩给春妮。春妮还没来得及说话,便见他像猴儿一样灵活地跳上那棵老榆树,然后骑在树杈上,一车人都惊呆了。随后,春生又"咚"一声从树上跳到汽车轱辘边,搬起一块石头正要垫右侧轱辘,谁知汽车忽然向后滑溜。春妮一急,一条腿跨上车窗准备去拉春生。"不要命了啊!"那个流里流气的小伙子眼疾手快地拉住了春妮。

春妮向下探头呼叫春生,并喊话让司机把车停下。春妮的父亲也着急地站起来,默默看着春生,一脸无奈的表情。

在这危急时刻,春生机灵地向旁边一闪,迅速把石头垫在右侧车轱辘后，阻止了车轱辘继续后滑，但他的右脚被后退的车轱辘碾伤了。他忍着钻心的疼痛，又搬了一块石头垫在左侧车轱辘后。车子终于停在半山坡不动了。

那个爱起哄的小伙子长长吁了口气，并吼叫了一声："妈呀，我们得救了啊！"他竖起拇指敬佩地看着春生，编唱着信天游赞歌。人们纷纷从后车门上跳下来，感激地握住春生的手，看着春生受伤的脚，千恩万谢，都为有春生这样的同乡而自豪。春生跛着受伤的脚，与大家齐心协力，终于把空车推过了危险地段。人们又重新坐上车，一会儿工夫，司机便把汽车驶离了悬崖峭壁，驶出了困境，顺利驶进了麟州县城。

春生机灵果断的行动，救了一车人的性命，虽然自己的脚趾头被车轱辘碾伤，心里却热乎乎的，一方面他觉得自己做了一件有意义的事，另一方面他感受到了自己的心上人春妮对自己的担忧和关心。

他们到达县城后，住进了县城旅馆。旅馆设男女客房，客房里摆有一个暖壶、一个绿皮烧水茶壶，盘子里扣着几只裂了缝的陶瓷杯。满屋子庄稼人的酸臭味熏得人头痛，不拘小节的客人"呸、呸"地随便吐着浓痰。天阴下雨导致房间潮湿，霉味很重。炉子里燃烧着炭火，煤烟滚滚，呛得人喘不过气来。

春妮的父亲蹲在火炉旁"吧嗒吧嗒"抽着旱烟并说

道:"我累了,吃个馍馍喝点儿热水要休息了,你俩出去看吃甚。"

春生满眼柔情地看着春妮说:"我们出去逛逛,顺便看看有什么小吃。"春生跛着受伤的脚陪着春妮。春妮说:"要不去医院看看脚吧。""不去,医院都关门了,慢慢就好了。"春生坚决拒绝去医院。县城的夜晚冷风飕飕的,大街小巷冷冷清清,没什么娱乐活动,他们随便在地摊上吃了一碗羊杂碎,又吃了碗春妮喜欢的粉皮。吃完后,两人并肩走在麟州滨河路上。"哇,二郎山,我梦中的二郎山,原来这么高啊!"春妮兴奋地跳起来说,"二郎山的夜景多美啊!"春生激动地忘记了脚的疼痛,慷慨激昂地说道:"二郎山是天然防御屏障,自古乃兵家争夺之地。除此之外,它还有着奇特的自然景观,也是历史文化的瑰宝。"春生一瘸一拐,越说越激动,眼神里闪烁着自豪的光芒。他还说,这里每年庙会时,大家会爬三百六十个台阶敬神,烧香拜佛以显示自己的虔诚。

十

周末,大队支书和公社书记,以及春妮的几个好朋友,听说春妮订婚并带男朋友回老家了,都赶来祝贺春妮和春生喜结良缘。他们对春妮的个人问题很关心,想看看善良的春妮到底找了个什么样的郎君。

母亲简单准备了几盘凉菜，几瓶鄂尔多斯白酒，让大家喝酒聊天，并商讨一下春妮和春生的婚事到底怎么办，一向说一不二的母亲而今似乎也没了主意。

大队支书最了解春妮，他在春妮很小的时候就认定她是可以栽培的好苗儿。在他和组织的栽培下，春妮不到二十岁就入党了。他吸了一口香烟，弹了弹烟灰，皱着眉头对春生说："小伙子，我不了解你，后生可畏啊，但我告诉你，春妮除了脾气倔强，有点儿拗，确实是个心地善良的好姑娘，也会是个贤惠的好媳妇啊。"大队支书说着又吸了一口香烟，仰起头笑眯眯地又对春妮母亲说："我看只要他俩没意见，就别因为一点儿彩礼闹腾了。"他说完喝了一口茶，拍了下公社书记兼武装部部长邓子浩的肩膀说："你说呢？兄弟。"

公社书记兼武装部部长邓子浩当然也为春妮的个人问题操碎了心，觉得春妮早该有个落脚处了。他毫不推诿地说："春妮最大的特点是心地善良又热心，这一点众所周知，缺点就是心太软，太软了。"邓子浩喝了口茶又说："这年头大家都很穷，娶个媳妇难哪，咱不能要得太多，但也不能一毛不拔呀！"他豪爽地站起来拍了一下春生的肩膀说："兄弟，结婚这事，只要两人情投意合，婚后共同努力奋斗，没有过不了的坎哪。"

第二天，母亲得知春生和春妮要去看电影，愣是让春妮带着弟弟欢欢一块儿去。

电影开始后，淘气的欢欢看着屏幕上的画面，好奇地对着姐姐问这问那，并跑来跑去闹腾。

一场电影演完了，春生和春妮都不知道演了什么，只是看到男女主人公在缠缠绵绵地哭泣，时而又传来欢声笑语。剧中情节使两人的内心开始躁动，春生伸手捏了一下春妮环抱弟弟的指尖，他手指的温度使春妮体内热浪滚动，脸上泛起红晕。

"姐姐，剥糖。"欢欢拉开姐姐的手，让姐姐剥糖。

电影院里，不但没说上心里话，身体荷尔蒙沸腾的火苗，也被欢欢一闹，瞬间熄灭，一种无名的失落和委屈涌上春生心头。童年时的朦胧爱慕，和几天来断断续续的相处，春生发现自己的心已彻底被眼前这个纯洁善良的姑娘征服，对她似乎有一种从未有过的依恋，不然自己绝不会不顾姑姑的再三阻拦，独自随着春妮父女乘坐汽车顶风冒雪来到春妮家，还险些搭上了性命。但为了春妮，此刻他还是把所有的委屈默默吞咽下去。

走出电影院，春生突然提议："春妮，我们去照相馆拍张合影好吗？"春妮羞涩地点了点头，跟随着春生的脚步向照相馆走去。

春生穿着深蓝色的中山装，戴着一顶和衣服颜色匹配的大檐帽，他轻轻将一小绺淘气的刘海儿塞进帽檐，显露出宽阔的额头，大大方方坐在相机前，边整理纽扣边等着春妮。

春妮在镜子前羞答答、慢悠悠地梳理着乌黑的长发，梳来梳去，不知梳什么发型才能让心上人满意。说实在的，她长这么大很少照镜子，更不要说搽脂抹粉、涂口红了。从小母亲就教育她"女孩儿不能太妖艳，不能老照镜子"，因此她把所有心思都放在读书学习和工作上。

她精心摆弄着自己的长辫子，感觉有点儿邋遢，索性把两条辫子编成麻花辫，垂在胸前，这样似乎给自己增添了几分精气神。

照相馆师傅不住地催促："好了，好了，不打扮也很漂亮了，快来照吧。"春妮的心"咚咚咚"跳个不停。

照相师傅见他们坐好了，热情地摆手让他们"靠近一点儿，再近一点儿"。

春妮感觉春生的身子像一座泰山一样向自己倾斜过来，刹那间，像触电一样，她感到浑身热浪滚滚，心儿再次"咚咚"狂跳，密密麻麻的汗珠从额头上渗出。她害羞地缩了一下自己的肩膀，微微前倾，春生那宽大浑厚的膀臂紧紧拥着她。

"咔嚓，咔嚓。"照相师傅快速摁下快门，留下了他们这美好的一瞬间。

十一

第二天,春生独自失落地踏上返回高家堡古镇的路途。因为没去医院包扎,他脚上的伤口有些感染,肿胀疼痛感剧烈。

一路上,他强忍着疼痛,反复思考着春妮家提出的彩礼问题,心里烦躁不安。他不知该怎么向父母交代,是实话实说,让父亲出面解决彩礼的问题呢?还是不对父母说实话,自己想办法解决呢?

春生思来想去,最后决定自己的事情自己解决。他打算回家后暂时告诉父母"自己和春妮的婚事已办妥,不用二老费心了"。

做了这个决定后,春生感到心里轻松了很多,一时间觉得自己已经是个能扛重担、能负责任的男子汉了。

春妮恋恋不舍地送走春生,望着春生的背影,她觉得心里空落落的,似乎缺少了点儿什么,不由得黯然泪下。

春生走后第二天,春妮急急忙忙收拾一番,放下了儿女情长,告别了父母,拿着进修通知书去京城完成领导交给她的进修学习任务,实现自己人生崇高的梦想——做一个医术精湛、全心全意为人民服务的好医生,这是她唯一的梦想。

途中,她遇到了中学时代的好友,在某大学毕业留校的卢西。卢西还是那样，浓眉大眼，谈笑风生，说话风趣幽默，笑容里荡漾着令人猜不透的谜。他乐于助人，充满激情的眼神里总是蕴藏着智慧的光芒。卢西曾暗恋过春妮，在写给她的信中透露了爱恋之情，但不管卢西怎么说，春妮那时候就是不开窍。

卢西在信中说："我们有机会，可以考虑一下个人问题。"他以此来试探春妮，不知春妮是故意躲避还是真不懂，每次都岔开话题，激励卢西努力学习，积极上进。卢西将春妮的话当成自己前进的动力，在大学期间努力学习，将理论知识与实践相结合，为自己未来的职业发展奠定了基础。"春妮，今天遇到你很高兴，我俩有缘啊！"他说话声音嘶哑，语调缓慢而诚恳。见春妮没说话，卢西又一语双关地对春妮说："春妮，我们重新栽培我们之间的友谊之花吧，你说好吗？"他接着又说："唉，遗憾的是，我今天买了到省城的车票。"春妮望着他笑了笑。她想，自己回故乡找了个当工人的对象，哪还敢向往其他的生活啊？

见春妮总是沉默不语，卢西又说："春妮，过去我们不知为什么，中断了联系，疏远了情感，不过，过去那些不愉快的事就让他过去吧。"他极其诚恳地看着春妮发誓似的说："今后，让我们重新栽培我们之间的友谊之花吧，让我们的友谊万古长青。"卢西目不转睛地凝视着春妮，似乎想看透春妮的内心，这让春妮有点儿不知所措。

卢西早早失去了母爱，他多想和春妮这样善良、纯洁、热情的女子组建一个温馨的小家啊！此时此刻，春妮说什么也不敢告诉老同学自己已经订婚了，她怕卢西不能承受如此打击，影响了他的情绪。她不是不相信卢西，而是不想伤害卢西。她觉得卢西早早地失去母亲，一个人在大都市闯荡确实也不容易。

卢西下车后，春妮钻进卫生间痛哭一阵，不知是为卢西而哭，还是为自己而哭，错综复杂的情感，连她自己也说不清道不明。

两人联系了几次，春妮忍痛断了和卢西的书信往来，投入紧张的学习中。老领导语重心长的嘱咐，时时刻刻回响在春妮的耳畔："要促进基层社队产房建设，普及新法接生。"她跟着老师如饥似渴地学习理论并积极参与实践。手术台前，她凝神盯着老师的动作，不放过每一个手术步骤。为了学到治病救人的真本事，她昼夜二十四小时住在实习医生值班室，随叫随到，在手术室和门诊轮流学习，恨不得有分身术，把自己分成两个人来学习。她想："这次学习的机会这么宝贵，我怎能浪费时间呢？"看她学得认真刻苦，老师便手把手地教她。晚上，她还要跟着夜班老师查房，认真记录各种特殊疑难病症的分析和诊断。老师言传身教，对患者一丝不苟、精益求精的敬业精神，她看在眼里，记在心上，受益匪浅。

这段时间，春妮满脑子都是手术的步骤和各类注意事项，忙得忘记了春生，甚至连信都没时间回复，即使回复也是简单的几句话、几个字，这引起春生的怀疑和误解。

春生自从返回单位后，一直高烧卧床不起。他每天都思念着春妮，想跟春妮说说话，但自己寄出的一封封信都石沉大海，只是偶尔能收到春妮简短的回信。面对春妮的冷漠，春生开始胡思乱想，思念、委屈、愤怒的情绪压得他喘不过气来。

一直暗恋春生的女孩儿唐然，默默地听着春生的故事，同情春生的处境。她早已喜欢上了春生，喜欢春生浑身散发的魅力、敢于担当的男子汉气概、迷人的眼神和嘴角溢满柔情的醉人酒窝。春生回故乡订婚时，她要跟着去，被春生果断拒绝了。唐然理解春生的苦衷，她听了春生的诉说，又是同情又是打抱不平。唐然年轻洒脱，皮肤细腻，洁白的瓜子脸绽放出青春魅力，柳叶眉下忽闪着一双撩人的眼睛，一头乌黑的秀发披散在脑后，丰满的胸脯随着情绪波动而起伏，眼角滚动着同情的泪花。她的性格像水一样清澈活泼，大胆打破了传统观念的束缚，勇敢地向春生表白了自己的心意。

唐然娇小玲珑的身躯主动扑倒在春生怀抱，紧紧搂着春生宽厚的臂膀，煽情的泪珠哗啦啦滴落在春生的胸口。

春生被这突如其来的拥抱吓得灵魂出窍，大脑一片空白。

春生为爱而纠结着，在他为情所困的煎熬时刻，唐然坚定的拥抱像一剂抚平伤口的良药，刹那间抚慰了春生的心灵，春生多少天来紧皱的眉宇终于舒展开了。此刻，他对春妮的记忆早已模糊，对订婚宴上荞面饸饹、油糕粉汤的味道也慢慢忘却。

唐然点点滴滴地关心他，照顾他起居，春哥长春哥短地呼唤他，不管人多人少。她用低沉迷人的声音说："亲爱的，你不知道，我有多爱你。"然后扑在他怀里。他浑身发抖，感到骨头都在融化……激情过后，他想起了春妮，想起了自己是订过婚、拍过订婚照的人，心里感到一阵内疚。唐然仍然按时送汤送药，削苹果，剥橘子，一瓣一瓣喂到他嘴里，这是春生在春妮身上从来没感受过的甜蜜。

春生想通过赌气来激发春妮对自己的爱，让她能主动来找自己。春生和唐然形影不离，天天如胶似漆地黏在一起。

荷尔蒙的激情使春生不能自拔，但他心里还是藏着春妮的身影，他一直没忘记给春妮写信催婚，他想结婚过日子的人还是春妮。

冷静时，春生写信给春妮的父母和她堂哥询问春妮的情况，没文化的春妮父母托有文化的年轻人给春生写回信，一来二去，不知他们之间说了什么，春生和春妮之间的误会更深了。

春生的情感被新欢唐然的甜言蜜语牢牢锁定，他忘却了对春妮的海誓山盟，故意写信对春妮说："单位姑娘一分钱不要，主动追着我结婚。"春妮认为他是在说气话，并没把这些话放在心上。

春妮理解，自己最近太忙了，冷落了春生，让他发泄一下怨气也好。她相信，家乡风俗历来都是戏男不戏女，双方举行了订婚宴，结婚是板上钉钉的事。她哪里知道，春生回去后，就被单位那个叫唐然的女孩子缠得神魂颠倒。在女孩儿的情意绵绵下，春生本想配合女孩儿的热情演绎一下，刺激春妮赶来找自己结婚，却没想到自己已陷进泥潭，不能自拔了。

春妮心里装着患者，努力学习诊断、治疗、接生的真本事。组织上给了她半年的学习时间，她恨不得分分秒秒都投入学习。她主刀顺利做了双胞胎剖宫产手术，沉浸在两个小生命呱呱坠地的喜悦中，虽精疲力竭，口渴难耐，但想立即给春生写信分享自己的喜悦心情。

由于忙碌，半年的学习时间转眼结束了。

她还想在信中告诉春生自己的学习已圆满完成，希望他能来和自己一起分享喜悦，并一块儿逛逛王府井商场，用自己积攒半年的工资，共同购买结婚用品。没想到她的信还在心里酝酿，却接到了春生的一封来信。

春妮喜出望外，激动的心久久不能平静，感觉自己心爱的人会马上出现在眼前，那将是自己一生中最幸福的时刻。她被春生的来信包裹在一种深切的安宁里，她亲吻着他的来信，泪水模糊了眼睛，幻想着和春生见面的情景。

她把信封折叠好轻轻装进衣兜，用手紧紧捂着狂跳的心脏，享受着这份幸福感。走出医院，她听到一只金丝雀的鸣叫声，外面的暖阳让她感觉很舒服。

她怀着激动兴奋的心情回到宿舍，准备独自享受春生甜蜜的来信，憧憬着春生的到来。她反复轻轻抚摸亲吻着信封，用颤抖的手指小心翼翼地拆开信封，一行红字映入她的眼帘。

她不相信这是春生的来信，又重新拿起信封反复看了几遍，唯恐自己看错了。她使劲儿眨巴了几下沉重的眼皮，反复把那句话读了几遍，还是不能相信，突然，她意识到什么。

"你走你的阳关道，我过我的独木桥"，一句话，一封信，犹如晴天霹雳，刹那间，春妮脑子一片空白。一颗热恋的嫩芽遭受了狂风暴雨的侵袭，让她毫无准备地陷入了雪山崩塌的迷茫中。

天塌了，她的世界塌了，她的内心被摧毁了，她怎么有脸回去见父老乡亲呢？胜似婚礼一样隆重的订婚仪式，给她身上贴上了标签，打上了烙印。那一桌桌丰盛的酒席，那么多乡亲、领导、朋友都是见证人，她想，不到半年，退婚的消息会像龙卷风一样席卷长城内外。

春生信里冷冰冰的语言，无情地摧毁了春妮那颗善良滚烫的热心，她眼前黑乎乎一片，差点儿晕倒在地，摇晃着虚弱的身子，勉强抓住铁架床的支架，有气无力地顺势倒下。这时宿舍只有她一人，她任由眼泪哗哗流淌，感到了从未有过的羞辱、无助和孤独。一个人哭够了，她又抓起那张令她不能自持的信纸，一字一句用手摸着读了一遍，这才相信眼前的事实。

天明了黑，黑了明，雪花静静地随风潜入夜，铺天盖地笼罩着京城。窗外的枯枝被厚厚的积雪压弯了枝头，金丝雀无助地落在压满厚厚积雪的枯枝上，饥寒交迫，无奈地缩着脑袋。金丝雀还活着，它在等待，等待云开雾散，等待星星月亮，等待春暖花开。

几天来，宿舍几乎没人回来，外面发生了什么事情，春妮也不知道，感觉自己飘飘然地活在另一个世界。

窗外金丝雀叽叽喳喳的叫声使春妮心里平静了许多。她想，父母亲养育自己长大成人，组织和领导培养自己，期盼自己为人民服务，于是，她强迫自己振作起来。

春妮没向任何人打招呼，甚至连结业证书也没有领取，独自怀着绝望的心情昏昏沉沉地踏上了回家的列车。列车很快驶进黄土高坡，在弯弯曲曲的路上慢悠悠地蠕动。春妮头晕目眩，迷迷糊糊地靠在窗前，望着窗外一片荒芜凄凉、寒气逼人的景象。她孤独地回到家，进门说"累了"便蒙头大睡半月。直到单位催她上班，她才拖着病恹恹的身体去单位报到。

领导耐心劝说春妮："凡事要想开，天外有天，海外有海，好男儿多的是。"为了帮助春妮走出失恋的阴影，领导分配给她一项重要任务："你和外科大夫陈冲，带领医疗小分队下乡巡回医疗，搞社队产房建设。"春妮理解领导的良苦用心，爽快地答应了。从此，她咬紧牙关，把失恋的痛苦压在心底，把自己的悲痛化为工作中顽强拼搏的精神力量，全身心地为父老乡亲服务。春生和春妮订婚的场景还在高家堡古镇人们的记忆里，两人退婚的消息便在古镇上传得沸沸扬扬。在高家堡古镇流言蜚语的压力下，大能人杰老爹坐不住了，他冒着严寒亲自赶到儿子春生的单位劝说儿子回心转意，春生躲着不见父亲。父亲在儿子的单位门口看到一个女孩儿娇滴滴地牵着春生的手，挽着他的胳膊，两人搂着脖子拥抱亲吻。

父亲怒火中烧，上去"啪"地扇了儿子一个耳光说："呸！混账小子，丢人现眼！"父亲继续骂道："老子告诉你，老子宁舍你这个不孝之子，也不舍春妮这个儿媳妇。"春生在铁路上的好友写信告诉了春妮春生父子见面的细节，描述得有声有色，还说"春生已经沦陷到不可自拔的地步了"。春生的领导也写信告诉春妮说："别等了，春生已无药可救了。"

冷静后的春妮本来准备亲自去问问春生到底什么意思，想讨个说法。但听到这些消息后，春妮轻蔑一笑，一气之下坦荡地甩掉一切念想，带着领导的任务，到了基层卫生院。她用在母校和医院实习学到的技术培训了一批又一批基层妇幼人员。她以寸心浇灌人间正道，传授学员妇幼知识，普及接生新法。

她向学员学习用手搂柴火、捡牛粪、抓羊粪生火做饭。她在山乡农民的人间烟火里，把失恋的痛苦深深地埋在心里。金丝雀时时在她耳边鸣唱，似乎在时时提醒她永远不要放弃在黑暗中等待那一束微弱的光芒。

春妮满腔热情地把所有精力投入基层医疗事业，除了带领一些医生认真做好接生、上环、取环、人流等手术，感冒发烧的患者也来找她治疗，伤口流血的患者也来找她包扎。她几乎成了本地区的全科医生，马不停蹄地奔波在黄土飞扬中。

下乡期间，她结识了好多比她小的弟弟妹妹，他们都是从城市陆续毕业的大学生。春妮和他们共同学习，共同生活，一起唱歌跳舞，自编自演话剧，排练出各种各样的文艺节目。

春妮决定把自己深深锁在这人烟稀少、交通不便的大山里，融入黄土地，在风沙中磨炼自己。这深山里时常能听到羊儿"咩咩"的叫声，还有她最喜欢的金丝雀叽叽喳喳的叫声。傍晚，她独自站在土窑洞门口，泪眼模糊地望着天上的月亮。她把仅有的热情和温暖以治病救人的方式送给了大山里热情憨厚的村民。

领导多次派人来接她回去，都被她婉言拒绝了。临近年关，基层医院的医生除了值班人员都放假回家了，只有她还留在这里，与当地的医生一起下乡出诊。

下乡时，他们刚好遇到一个产妇难产。随同的医生无奈地对春妮说："让产妇转院生产吧。"看着产妇奄奄一息地发出痛苦的呻吟，春妮坚定地说："来不及了，准备两双手套吧，你帮我挤压产妇腹部。"在简陋的条件下，她沉着冷静，凭着娴熟的技术，伸手将胎儿脑袋慢慢地顺时针旋转了半圈，矫正了胎位，并进行侧切。经过几个小时，新生命呱呱坠地。春妮长舒了口气，如释重负，好像完成了一项伟大的使命。

十二

年关，春妮带着伤痛回了家。在父母和领导的催促下，在亲朋好友、左邻右舍的舆论逼迫下，以及在陌生男人杨帆的忽悠下，春妮赌气做了一个不靠谱的决定——赌婚。

听到春妮办婚礼的消息，春生的心早已飞到春妮身边。之前，他写给春妮的信迟迟等不到回音，于是又写信给春妮的父母，还是没有回音，以为春妮已经变了心。他哪知道他写给春妮父母的信，早已落到那个陌生男人杨帆手中。春妮的母亲收到春生的信后，因为不识字，便把信交给杨帆，拜托他读信的内容，并给春生写回信。杨帆一看是春妮的未婚夫春生的来信，便将信藏了起来。

不知情的春妮与杨帆完成了婚礼，平息了流言蜚语。送走亲朋好友后，她想立即离婚，跳出苦海，不料杨帆一病不起。

那天杨帆一进门，抖了抖落在衣服上的雪花，边照镜子边问春妮："春妮，看看我的皮肤，怎么黄了啊？"刚下班进门的春妮带着赌婚的压抑心情，都不想看他一眼。出自怜悯之心，她上下打量着杨帆裸露的皮肤、汗毛、脸廓和脖颈。"呀！"春妮惊讶地喊了一声。杨帆本来脸膛赤红，这会儿皮肤已变成了橘黄色。他急促的呼吸驱使她伸手摸了把杨帆的额头，原来是发烧了。一个五大三粗的男子汉，一下子竟软绵绵地躺倒在炕上了。这突如其来的变故，扑灭了春妮要离婚的决心。医生的责任，使她不能坐视不管。夜深人静，单薄瘦弱的春妮独自推着自行车驮着杨帆，顶着呼呼咆哮的西北风，迎着鹅毛大雪，艰难地扶着打着趔趄的车子，一步一步往医院走去。经过医院的化验检查，杨帆被诊断为急性黄疸型肝炎，需要立即住院治疗，四十天左右才能康复，春妮只能暂时收起离婚的念头。

杨帆住院的四十多天，春妮坚守着自己作为医生和作为妻子的职责，每天都坚持陪床护理，直至丈夫杨帆康复。

杨帆也是个医生，等他终于康复出院开始上班后，春妮再次下决心要离婚。但这时，她突然感到恶心，并且呕吐，月经推迟。当化验员告诉春妮妊娠检测结果呈"阳性"时，春妮颤抖地拿着化验单，半天没有反应，一时傻眼了。

春妮赌婚，只是为了完成父母的夙愿、平息流言蜚语和与春生赌气。她泪眼婆娑，带着赌气，带着违心，带着对春生的惩罚，匆匆选择跟一个之前从没见过面的医生结婚。

"工学院、农学院、物理学院、医学院毕业的大学生都见见再定夺。"当时热心的领导说。心灰意冷的春妮想，反正只是应付场面，随便选个同行吧，于是一句话便赌气把自己嫁了。领结婚证那天，她才发现医生杨帆一脸严肃，还有一点儿执拗，说话咬字也不清。看着他那笨拙的样子，她后悔莫及，但还是赌气和他领了结婚证。领结婚证当天下午，她就匆匆下乡了。

她想，等下乡回来离婚也不晚，可是捡了便宜的杨帆，以表现出的诚实、勤劳、热情赢得了春妮父母的喜欢。在春妮不知情的情况下，父母已配合杨帆匆匆忙忙地操办起了婚礼。

婚礼那天她几次想逃,但想到父母操办婚礼的不易,便犹豫了。她多渴望春生突然出现,听到他迷人的声音,她会冲破所有阻力和束缚,原谅春生的一切过错,跟着春生私奔。

春生回到古镇,听说春妮要结婚了,他不敢相信自己的耳朵。他不顾一切冲出家门,冲向车站,要去婚礼现场抢回新娘。

"下来,混账小子,还嫌不够丢人吗?"父亲严厉地呵斥春生,并扭头责令秋生强行把他拉下车。回家后,父亲命令秋生把春生捆绑在家,不让他迈出门槛半步。春生被绳索死死地捆绑着,他着急地用力挣扎,父亲又对他呵斥道:"都是你小子造的孽,让我在古镇丢尽了人。你俩订婚的事在高家堡古镇传得沸沸扬扬,退婚成了人家酒足饭后议论的笑柄,你还要折腾甚花样啊?你还让不让老子活了!""不,放开我!"春生挣扎着,发疯似的撞着门窗,撞得头破血流,昏昏沉沉睡了三天三夜。

杰老太太陪着儿子哭了三天三夜,劝说儿子:"孩儿,你不要折腾自己了,也不要再去折腾春妮了。"她看着儿子又一脸无奈地说,"事到如今,生米煮成熟饭,你认命吧。"她抱着被绳索五花大绑的儿子,擦干了儿子脸上的泪痕。

十三

杨帆家住深山老林,结婚时他的父母为了躲避彩礼都没敢露面。

春妮父母将给春生和春妮结婚准备好的嫁妆用了,摆了三十多桌酒席。因为是赌婚,操办匆忙,春妮就没有告诉远在京城的柳伯伯和亲朋好友,也没有告诉一直关注她个人问题的卢西。

婚礼办得风光无比,可是春妮就是高兴不起来。看着杨帆,她痛苦地在心底千遍万遍呼唤:"春生,春生啊,我们私奔吧。"她期盼春生的突然到来,可是自始至终都没有等到让她日思夜想的春生的身影。闯进门的还是他,是那个令她恶心反胃的男人杨帆。内心的委屈和痛苦让她浑身打战,此刻,她多想对着春生哭诉。

看着春妮哭得撕心裂肺,杨帆却在心里偷着乐,他想:"癞蛤蟆也能吃天鹅肉啊!不管你咋哭,咋闹腾,你已经是我老婆,赌婚也好,真爱也罢,我们有结婚证,就是合法夫妻。"春妮的赌婚,让她陷入了深深的绝望中,她常常在睡梦中大声呼喊春生的名字,噩梦惊醒后身边躺着的还是那个让她厌恶的男人杨帆。杨帆却不在乎,他在乎的是和她过日子,生儿育女,柴米油盐,对于现在的生活他很知足。用他的话说:"反正,你是我老婆,是孩子的妈妈，你想谁与我无关。"他习惯平淡的生活，习惯整日站在手术台上挥刀治病救人，仿佛他的生活中只有医院、手术台和图书馆。他专注的是生活，不在乎感情。多愁善感的春妮对他无可奈何，和她生活在一起的这个男人并不理解她的情感，也不懂她的兴趣爱好，不管春妮和他说什么，他总是回答"不知道"。岁月如流水，一晃三年过去了，春生和春妮的订婚仪式也渐渐淡出了高家堡古镇人们茶余饭后谈论的话题，他们的视线开始转向一些新人新事。

这几年来，堂哥堂嫂最理解春妮的苦衷。临近年关，他们邀请春妮一家回高家堡古镇感受年味。这次回家正好赶上春生的堂弟娶媳妇，并邀请他们一起去吃流水席。堂哥对春妮说："一家请人，两家难。人家在石峁欢喜梁大队会议厅办喜宴，你们搭完礼，吃上几口，赶紧回家，万一那'晃脑小子'……"堂哥看了一眼杨帆没再说下去。春妮明白，堂哥说的"晃脑小子"指的是春生。春妮心里敏感地"咚咚"乱跳，结结巴巴地说："别……别去了。"她声音嘶哑颤抖着，心里的火苗开始燃烧。堂哥看着春妮无奈地说："妮儿啊，人家特地邀请你们，不去可不合适啊。""我去。"一向沉默寡言的杨帆突然开口说道。

"哥，还是不去了吧？"春妮控制着自己的情绪，违心说道。"去呀！"杨帆执意要去看看，他说，"去看看石峁女皇宫殿啊。"

传说四千多年前华夏始祖女皇部落富丽堂皇的宫殿坐落在石峁山。日出时,太阳犹如一个在石峁山顶升起的火轮,光芒四射,映照着绿树成荫的高家堡古镇。古镇上的钟楼和青石板街,以及周围长城遗址上的烽火台、千人洞、万人洞,犹如仙境,让人迷离。石刻雕塑,栩栩如生,端庄神奇,每一组雕塑都述说着石峁山下高家堡古镇千年的故事,承载着历史的记忆。山下汩汩流淌的秃尾河在日光下闪耀着金灿灿的光辉,仿佛给石峁山系上了金色的裙带。

杨帆哪有看皇宫的心思,他就是为了看看春生到底长什么样,能让自己的老婆春妮如此痴迷。

酒过三巡,春生再次被烧酒燃烧着了他隐藏在心底的那把火苗,心儿"怦怦"狂跳,他迫切想见春妮,也想看看春妮的丈夫杨帆。

自从春妮结婚后,对春妮的思念之情时时折磨着春生的灵魂。他和唐然激情过后分手,至今还是单身一人,日子过得浑浑噩噩。他常常借酒浇愁,用酒精麻痹自己的神经,醉了便举杯望明月,对着月亮含情脉脉地念叨着春妮的名字。此时的他才深深体会到春妮对自己是多么重要,觉得自己生命里不能没有春妮。

春生参加堂弟的婚宴是奔着春妮去的。他想:"今天非要见春妮一面，不管春妮有几个孩子，不管春妮变成什么样子，只要春妮愿意，我还要等她。"为了见春妮一面，他似乎什么也不怕，什么也不管，对那些小镇上人们的议论，他已见怪不怪了。

几杯酒下肚，春生一刻也不能忍了。他失去了往日的理智和翩翩风度，急匆匆离开喝酒席位，跑进春妮他们坐席的窑洞，端着酒杯涨红了脸说："第一杯酒我敬高升书记，恭请高书记给小弟一个面子。"春妮的堂哥敏感地意识到什么，但还是勉强地喝了春生敬的那杯酒。

春生又斟了第二杯酒，他含情脉脉地望了一眼春妮，然后递给春妮的堂哥说："第二杯酒，感谢高书记曾经成全了我和春妮的婚事，但……"他说话时那饱含深情的目光，恋恋不舍地凝视着春妮，令春妮心动不已。春妮赶紧低下头，回避着他那火辣滚烫的眼神。她感到自己胸口扩张，心脏狂跳，灵魂出窍，脑海中浮现出他们曾经拥抱的画面，眼里溢满了泪花。

"春生，回家吧。"杰老太太极力劝说儿子回家，怕他喝醉酒胡言乱语，惹是生非。她知道儿子心情不好，昨晚在家喝醉酒，大半夜念叨着春妮，折腾了一宿不睡觉，她看出来他哭过，眼睛里布满了血丝。

春生的姐姐春芳过来解围。春芳和春妮是同学，又是闺密，两人寒暄了几句，春芳又抱抱春妮的宝贝女儿说：

"小美女,长这么大了,和妈妈长得真像呀!"春芳从兜里掏出一块糖,逗孩子乐了一会儿。

杰老太太趁势走过来亲昵地摸摸孩子的小额头说:"像妈妈一样惹人亲啊!"老太太眼里闪烁着伤心的泪花,长叹了一口气。

聪明的春芳夺下春生手里的酒杯,拉开了春生,又对春妮的堂哥说:"高书记,不要理他,他喝多了,别听他胡说八道啊。"看着书记怒气冲冲的样子,春芳生拉硬扯推走了春生。

"晃脑小子,你站住!"堂哥不依不饶,指着春生背影大喊。春妮的堂哥早就攒了一肚子的话要骂春生,一直没看见春生回来,没机会骂他。说时迟,那时快,堂哥披着棉袄"嗖"地起身,追出门外,伸长胳膊,指着春生后脑勺大骂:"你这晃脑小子,陈世美,你还有脸来说话啊?"他转动着酒醉后布满血丝的眼珠,露出了狰狞的表情,借着酒劲儿翻腾春生和春妮的往事,倾诉满腹牢骚。堂哥越说越急,一时满腔怒气涌上心头,嘴唇颤抖,唾沫星子乱飞乱溅。高家堡古镇上的人们闻讯赶来看热闹,有人故意附和:"骂得好,喜新厌旧的晃脑小子。"堂哥被众人簇拥着。他越骂越激烈,好像是解恨,又好像是骂给众人听,也或许是故意给春妮那个男人杨帆敲边鼓呢。酒席上的风波越演越烈。春生听着堂哥的怒骂,委屈得一跳三丈高，疯了似的甩开姐姐的胳膊，一副准备大打出手的架势。

母亲见势不妙，"扑通"跪倒在儿子面前喊"儿啊"，急火攻心晕倒了。春生只好憋屈地背起母亲往家走去。眼看春生走了，堂哥骂得更凶了。春生不想在春妮，不，确切地说是在情敌杨帆面前失掉自己的身价，忍气吞声地哭丧着脸走了。

这时，堂嫂也站出来开骂。她嫌站着骂不解恨，便对春生穷追猛打。春妮听了堂哥和堂嫂的骂声很不顺耳，不但不觉得堂哥和堂嫂是给自己几年来的惆怅和积怨解恨，反而有点儿怜悯和心疼春生。她想为春生打抱不平，说一句公道话，可是宝贝女儿一直拽着她"妈妈，妈妈"地叫。幼小的宝贝女儿仰着小脸，忽闪着水汪汪的大眼睛好奇地望着妈妈，咿咿呀呀地呼喊"妈妈，妈妈"，把春妮的勇气喊没了。

看着自己的丈夫杨帆心满意足地隔岸观火，她心里犹如被捅了一把尖刀，疼痛一下子蔓延到了全身。尤其见到春生那一刻，她关闭已久的心再次打开了，"怦怦"跳动的心儿告诉她，春生还在自己心里。

回到家里，春妮郁郁寡欢，生活中，她和杨帆完全话不投机。想到春生，她默默吞咽了自己的委屈，忍受了一个又一个不如意的苦日子。因为无法与丈夫沟通，她便转为和小草、小花、小鸟、小虫说话，默默写作，听音乐放松自己。在她听音乐的时候，杨帆总是"咔"一声关掉录音机，随后便躺在床上呼呼大睡。外边雷声隆隆，倾盆大雨，屋里丈夫杨帆的鼾声震耳欲聋，寂寞的春妮心如死灰，她怒不可遏地第五次翻出那张结婚证，流着眼泪一把撕开一条裂缝。

"咚咚咚"，这时响起一阵急促的敲门声。

"哥，你咋还睡觉啊？三小赶驴车挖煤连人带车翻到沟底了！"杨帆的妹夫狗剩推开门神色慌张地说。杨帆迷迷糊糊中听到这一消息一骨碌坐起，木讷地看着狗剩问："人怎么样了？""殁了……"狗剩回答。杨帆"啊"地叫了一声，然后像木头一样坐着发呆。

三小是杨帆最小的弟弟。噩耗突然传来，犹如天塌地陷。杨帆突如其来的不幸遭遇，又一次打消了春妮离婚的念头，她拿着结婚证的手在颤抖。"生死面前，怎能雪上加霜啊？"她心急如焚，为杨帆三弟的不幸遭遇流下了同情的眼泪。杨帆和他妹夫狗剩走后，春妮一个人坐在炕上，拿着撕开裂缝的结婚证发呆。一向替别人着想的春妮，此时此刻正沉浸在杨帆家遭遇不幸的痛苦中，甚至忘记了接孩子回家。

杨帆处理完他三弟的后事，从老家返回后，她看到杨帆痛苦地黯然落泪，给他倒了一杯热水安慰道："我知道你痛心，人死不能复生。"看着杨帆整天愁眉苦脸、不住抽烟的样子，她离婚的想法，又一次被自己的良心打败。

十四

杨帆的二弟杨寒来了。这个十八岁的小伙，长得高高大大，穿着一条黑色的大裆裤、一件黑色的破棉袄，一块和棉袄颜色不协调的补丁斜趴在肩膀上。

看着杨寒的这身打扮，春妮心底产生了一种怜悯的感觉。她亲自带着杨寒去百货大楼挑选了一块最时髦的双面涤卡黑色面料，托表嫂给杨寒量身定做一套西装。说实在的，她都没有为自己的亲弟弟定做过西装。

"哟，春妮，他是？"表嫂露出一颗黄灿灿的金牙，歪着脑袋疑惑地瞅着杨寒问春妮。"嫂子，他是杨帆的二弟。"春妮解释说。"给他做？""是的，嫂子，他衣服太肥大，给他打扮打扮……""要见女朋友啊？"表嫂打趣道。看着小叔子两手插在裤兜里，仰着脑袋斜视不语，春妮替他打了圆场："见甚女朋友，刚从农村出来。"

几天后，表嫂把衣服赶着做好，小叔子杨寒穿在身上，瞬间成了一个眉清目秀的小伙子。

"落城市户，吃皇粮了！"八字没一撇的事被虚头晃脑的杨寒一夜间在山沟里传得沸沸扬扬。这一消息像一颗定时炸弹爆炸,响彻了荒凉的山峦,轰动了沉默的小山沟。对于祖祖辈辈日出而作在黄土里刨挖生活、辛辛苦苦春种秋收还填不饱肚子的农民来说,家里能出一个吃皇粮的城市户,简直是喜从天降。皮鞋锃亮、西装革履的杨寒在这穷山沟里一下子出了名,一时间成为人们眼中的佼佼者,主动上门说媳妇的人络绎不绝。

春妮闻讯后压力很大。她是跟丈夫杨帆和他的二弟杨寒提过想帮杨寒转城市户口的事,但怎么实现心里还没谱,只是觉得很难办。这沉甸甸的责任让她忐忑不安,哪还顾得上去考虑离婚的事情?

农村人过年能吃到白面馍、大米饭都是稀罕事。这时农村户口想转城市户口比登天还难啊,人们几乎连想都不敢想。而丈夫杨帆的三弟遇难的事却激起了春妮的斗志,她决心通过自己的努力改善丈夫杨帆一家人的生活,然后和丈夫杨帆顺利离婚。她觉得,只有救这个家庭于水火,自己才能心安理得地离婚。她鼓足勇气,抱着希望,踏着心中的一缕光亮前行。想脱离这段婚姻的渴望激发了她的勇气,她跑遍了公安局、派出所,拜访了大小领导,几乎跑断了腿,说干了喉咙,吼哑了嗓子。

春妮用了四年的时间,终于帮小叔子杨寒解决了城市户口,又帮他找到一份在医院做后勤的工作。春妮终于实现了改善杨帆一家人生活的愿望,但周围人的嫉妒处处可见，春妮因此没少在背后被说三道四。

城市户口有了，工作有了，杨寒要结婚了，他又和嫂子春妮提出要婚房的要求。争强好胜的春妮为了实现小叔子的这一要求，又一次陷入了困境。

杨寒刚工作就吸着钢花烟。春妮劝他说："少吸点儿烟，吸烟对身体不好，你哥工作这么多年才吸红太阳烟，你不吸烟还能攒点儿钱，成家可是需要用钱啊！""我抽啥烟，你管不着，我成家，也没你的事，有我哥呢！"小叔子杨寒恶狠狠地回击春妮。

杨寒已经工作半年了，还骑着他哥杨帆的车子上班。以他的经济能力，用半年的工资买辆车子还是可以的，但他始终骑着哥哥的车子。

一个炎热的夏天，春妮在厨房里生炉子做饭，小叔子杨寒下班后骑着车子直冲进院子里。女儿笑嘻嘻地追过去，举起小手，竖着一根小指头，仰着小脑袋甜甜地央求他二大："二大，二大，给我买根冰棍吃好吗？一根，就买一根好吗？"说实在的，春妮的女儿长得非常可爱，粉嘟嘟的小脸蛋儿上深陷着两个可爱的酒窝，脸上总是挂着甜甜的微笑，活泼聪明，小嘴又甜，可以说是谁见谁爱的小姑娘。春妮单位的同事只要看见她都会给她买冰棍、雪糕、糖葫芦吃，都抢着抱她亲昵地逗她乐一阵子。

孩子和她二大要冰棍吃的时候，她二大却说："我没钱，找你妈要去吧！"孩子瞪着眼睛围着他转了一圈又说："二大，就五分钱啊，五分钱就能买一根冰棍。"他并不理睬孩子的话，停下车子准备回屋。孩子机灵地抓着自行车钥匙，咔嚓一声锁了车子说："哼，今天不买冰棍，就不让你再骑车。"杨寒跑进厨房气呼呼地大声叫嚷，冷冰冰地对春妮冒出一句："管不管你女儿了？让我给她买冰棍吃，把我车子锁住了，你教育的甚孩儿啊！"他说话寸步不让，咄咄逼人。春妮听了很不是滋味，但又不能说什么，她生气地随手拿起捅火棍，吓唬女儿道："毛儿，你为什么要锁住二大的车子啊？""我……我……就是要吃一根冰棍嘛！""要吃冰棍，妈给钱，你自己去买，把车子钥匙还给二大好吗？""不给，不给，就是不给，我就是要二大带我去买嘛！"春妮看了一眼杨寒，把捅火棍高高举起，又不忍心落在可爱的宝贝女儿身上。宝贝女儿歪着小脑袋，忽闪着眼睛疑惑地凝视着妈妈，两只小手背在后面，紧紧攥着那把车子钥匙，倔强而又失望地看着二大说："二大，你为什么让妈妈出来打我啊？"孩子委屈的小脸上默默地流下了眼泪。在炎热的阳光下，孩子的泪水滋润着那干涩颤抖的小嘴唇，边哭边在嘴里还嘟囔："不给，就不给，这是爸爸的车子，就不给你。"杨寒还是站在春妮后面对孩子吼道："赶快拿来，我还有急事啊！"

看着杨寒毫不退让的样子，为了把车子钥匙当场还给他，春妮举起捅火棍打在可爱的宝贝女儿身上。女儿疼得躲闪在了妈妈身后，拽着妈妈的衣襟，大声哭喊："妈妈，妈妈，我再也不要冰棍了，让他滚！"女儿瞪着仇视的眼睛，狠狠地把钥匙甩给了二大杨寒。女儿一向是个乖乖女，这是春妮第一次拿着家伙打自己的宝贝女儿，打在女儿身上，疼在自己心里。杨寒得意地把孩子甩在地上的钥匙捡起来，获胜似的迅速骑着车子一句话没说就跑了。

十五

早上，春妮闷闷不乐地回忆着昨天晚上的梦境，她迷迷糊糊梦见自己掉了一颗牙，似乎还隐隐作痛。她用手摸了摸自己的腮帮子，没什么感觉。她以前听母亲说过："梦见掉牙，是老人不祥的预兆，起床不说话，找一颗钉子，用斧头钉在门槛上，可替老人消灾免难。"春妮虽不信，但还是按母亲所说的做了，心想只要二老平安健康就好。

春妮正想着，听到有人喊她名字，推门一看，骑着绿皮自行车的邮递员在院子里大喊："高春妮，加急电报。"春妮一惊，颤抖着双手接过电报，一把撕开，看到"你父亲病危，速返"几个字。她心慌意乱，浑身打战，眼里溢满了泪水，父亲勤劳一生默默无闻的身影，浮现在她眼前。她的泪花里闪现出父亲的微笑，耳边响起父亲那掏心窝子的话语。她和丈夫杨帆矛盾激烈的时候，父亲看透了她的心思，说："不管你走到哪里，都要带着宝贝女儿啊！"父亲平时沉默寡言，这句话父亲不知在脑海里翻腾了多久。他想以此诚恳地忠告女儿。

春妮感到心神不宁，她预感父亲情况不好，但做医生的责任迫使她保持镇静，坚持把当天预约的手术任务完成。做完手术，春妮没顾上吃饭，便急忙收拾东西连夜往父亲所在的医院赶。

春妮赶到后，父亲已经陷入了昏迷，一句话也不会说了。在昏暗的灯光下，她看见父亲皱着眉头动了两下干瘪的嘴唇。她拿起小勺给父亲喂了一勺水，拉着父亲的手哭着说："大，是我啊，我是春妮啊。"父亲挣扎着睁开眼睛，用尽最后一口气颤动着嘴唇说："你女儿……你妈……"父亲再次陷入了昏迷。春妮明白，父亲还是放不下自己幼小的女儿和年迈的母亲。父亲的血压已经不稳定了，主治医生说："老人是重感冒拖延得时间长，导致肝肺化脓，发展成败血症了，回家给老人准备后事吧。"

听到医生的这句话，春妮浑身不住地颤抖，她哭得伤心极了，面对奄奄一息的父亲，她怎么也接受不了眼前的事实。几年来，春妮除了积极完成自己的本职工作外，其他时间和精力都放在给杨寒跑户口、找工作上了，竟忽略了年迈的父母。

几天后，父亲走了。

父亲走后，春妮一直不能原谅自己，一直解不开心中这个结，认为是自己的愚蠢选择，耽误了父亲的生命。她想，如果自己不帮杨寒跑户口、找工作，不为了给他申请婚房而自愿代替院长下乡，就可以多陪陪父母，父亲可能就不会这么早离自己而去。

父亲一生勤劳，为人正直，与人为善，宁可吃亏，不愿争利，得到亲戚邻里的一致好评。父亲安静沉默，喜欢干净，经常手里拿一把笤帚把自己刷扫得干干净净。农田里干活回来，每天晚上都要把手脚洗得干干净净才上炕睡觉。

春妮敬佩父亲的为人之道。父亲常说"人穷志不短"，在田里劳动，哪怕是别人家田里的一片菜叶，他也会说"那是别人的东西"，决不会捡回来。

父亲走了，走得无声无息，犹如一盏熬尽油的灯默默熄灭了。春妮沉浸在痛苦中不能自拔，心里一直不能接受这个事实。她总觉得父亲还活着，父亲的一举一动深深地烙在她的脑海里。半年多她脸上几乎没有一丝笑容，有的只是泪水。失去父亲的痛苦再次淹没了她离婚的念头。她不明白，为什么人活着就一直在痛苦中挣扎。

父亲去世不到一个月的时候，杨寒给远在外地学习的杨帆写信告状："哥，嫂子她整天阴着脸，噘着嘴，就爱管教我……"春妮知道后心如寒冰。

十六

春妮在自己的努力下，终于进入了中心医院妇产科工作。这时，医院职工都是单位分配住房，根本没人自己花钱盖房。但春妮因为是后来调进医院的，所以没赶上分房。院长指着医院院子里的垃圾场说："春妮，有本事你们自己盖房住吧。"春妮把院长的话信以为真，回去高兴地对丈夫杨帆说："院长说给一块地皮让咱自己盖房，我看可以盖。自己盖套房也挺美呀，起码能改善我们现在的居住环境。"

杨帆却不同意，春妮几次和他商量，都被他"没钱"两个字顶了回来。春妮给他反复诉说盖房子的好处和规划，他一句话也没有，要不就突然回应一句："荒唐。"那段时间，杨帆除了上班做手术、接待患者外，只要回家就躺在沙发上不言语，和春妮又开始新一轮的冷战，通过闹情绪来坚决抵制盖房。他觉得春妮简直是在做梦，不切实际。他想："一没钱，二没时间，怎么盖房啊？简直是纸上谈兵的荒唐想法。"

院长指定的那块地方，虽说建院以来一直用来堆放垃圾，但也在医院院子里，旁边就是医院领导住的二层小楼。春妮非常喜欢这一片的人文环境，又和院长反复核实确认，害怕院长只是开玩笑。

谁知院长还是坚定地说："没问题，那片堆放垃圾的地方，就是给你和方哲两家指定盖房的，只要你们有能耐，明天开工盖房都行，我说话算数。"院长已经做出承诺，春妮便想办法请亲朋好友说服丈夫杨帆。当母亲听到消息后，又怕女儿和女婿因为盖房意见不统一吵架，就直奔女儿家来看看。

母亲觉得春妮说得有理有据，便劝说女婿："好不容易医院领导给批了一块地皮，就应该把它盖成房子住。我们当初在一穷二白的情况下，生产队给划拨了一块荒凉的茅草地皮。经过自己起早摸黑的努力，一座门面用砖砌的房子不也盖起来了吗？当时是村里最漂亮的房子。盖房子是好事，也许能改变自己的命运啊！"母亲还说："不怕，只要你们动工了，大家都可以来帮你们盖新房，众人拾柴火焰高嘛。"

在母亲的劝导下，杨帆勉强对春妮说："那就试试呗。"和丈夫意见统一后，春妮便开始着手建房。她请在房管所工作的老同学帮忙找设计院的熟人设计了房子的图纸，请风水先生选了个吉日，亲自动手和工人一起清理了垃圾，然后她用自己那点儿微薄的工资雇了建筑工程队开始动工挖地基。挖土夯基那天，春妮的弟弟欢欢和姑舅俩姨兄弟都来帮忙了。春妮的堂哥听说堂妹要自己盖房，说："好事啊。"堂哥不放心地抽空来帮忙指挥挖地基，还雇人拉石头、拉沙子、拉水泥、拉白灰。光夯地基用的石头、沙子、白灰、水泥就花费了春妮和杨帆半年多的工资。开始用砖砌墙时，春妮只能开口向医院预支工资，但医院说什么也不给预支。财务科长还嬉皮笑脸、阴阳怪气地对春妮说："你们简直是瞎胡闹，没钱还盖什么房啊！"她用鄙视的眼神看着春妮继续说："工资是不能预支的，医院财政紧张，自己想办法吧。"

　　动工两周后，工程队队长林怀生眼看地基马上挖好了，还没见砖的影子。看着隔壁同一天挖地基的方哲家砖头已经垒砌了好几层，林怀生每天着急地催促春妮和杨帆说："大哥，大姐，你们赶快拉砖，要不会停工的啊。"林怀生人高马大，声音洪亮，但说话总是商量的口气，声音特别柔和好听。他曾经是杨帆的患者，车祸骨折后在杨帆耐心认真的治疗下很快康复。他怀着对杨帆的感激之情，常说："我大哥人好，语言少，看起来凶巴巴的让人有点儿害怕，但手到病除啊。"他看着杨帆他们手头紧，没人愿意承包他们的工程，于是便慷慨地承包了，只是盖房材料由主家自己负责购买。春妮和杨帆忙忙碌碌只顾上班，下班才有时间来看看，只让春妮一个姨表弟来负责监工。林怀生只要看见春妮和杨帆来了就提醒："最近，砖瓦厂的砖头很紧缺，供不应求，你们可要抓紧时间联系，要不恐怕连队都排不上啊。"他边说边无奈地看着春妮两口子，杨帆沉默不语地看着春妮。春妮利用下夜班的工夫，自己去砖瓦厂订购砖头。这时正赶上房地产开发建设时期，制砖机马不停蹄日夜轰隆隆地运转，砖头还是供不应求。不等砖头烧出来，早已被人抢光，甚至一个月前就要预约排队了。

春妮走进砖厂一看，里边尘土飞扬，很多大车、小车在排队，挤得水泄不通。她倒吸一口凉气，垂头丧气地准备离开，突然一个人的影子闪现在她脑海中。她记得曾经有一个乡党，女儿生孩子时找自己帮过忙，他还说："我在砖瓦厂工作，需要时可以来找我。"她想起这个乡党当时是邓子浩介绍来找自己的，他们是战友。她高兴地骑着车子去找邓子浩，正好看到他们在一块儿喝酒。春妮向二人诉说了她盖房需要买砖头的事，乡党立马说可以将春妮引见给砖瓦厂厂长。当天下午，乡党就带春妮拜见了砖瓦厂厂长常青，他中等身材，国字脸，一双剑眉下忽闪着乌黑的大眼睛，外表看起来好像放荡不羁，但眼神里不经意间流露出的精气神让人肃然起敬。乡党向厂长简单介绍了春妮，便像完成任务似的退出去了。

春妮向厂长简单地说道："医院分房我没赶上，医院给我家划拨了一块地皮，我自己规划建房，没想到地基挖好了,却买不到砖头啊。""你是说,你自己要盖房?""对,是我自己要盖。"春妮坚定地回答着常青厂长的问话。厂长惊奇地看着眼前这个女子,她和自己年龄相仿,一派知识分子的样子,气度不凡,面孔似曾相识。常青厂长本身是一个喜欢闯荡的人,所以了解了春妮面临的问题后,觉得应该支持这样的新鲜事,减少单位和国家的负担。"好吧,你要多少砖头?""我也不知道啊,大约一百多平方米的房子,另外小院还设计一排南房。"春妮说着胆怯地看看常青厂长,生怕他不答应。见他很严肃认真地在听自己讲述,春妮又大胆地说:"您帮我看看需要多少砖头。""五万,五万块可以了吧?""啊,五万块?那么多大概需要多少钱啊?"春妮惊喜而又没有底气地问。"不要钱,你先拉砖头,最后结账,可以吧?"常青厂长洞察出她没带那么多钱的慌张神态,便慷慨地说。春妮惊喜万分,看着不断拥进来的申请砖头的工头,他们一个个都戴着明晃晃的头盔,趾高气扬,她也不敢多问,千恩万谢这位年轻有为的厂长。

她见厂长正忙着和别人说话,又弱弱地问了一句:"厂长,我什么时候能拉砖头啊?""需要的话,明天就可以拉。"常青厂长头也不抬地说。春妮又问:"那……我联系谁呀?"常青厂长看到春妮还在门口等着自己,便拿起笔写了一张字条给春妮说:"找这个人去吧。"他又看了一眼春妮，开玩笑说："不过，他家人要去生孩子时，你这个医生要帮忙哦……哈哈……"周围人也唰地把目光投向春妮哈哈大笑。春妮接过递过来的字条边走边说："好的，没问题。"常青厂长确实没有哄她，办事人员接了字条，认真和她核对了拉砖时间，春妮这才放心回到了自家盖房的工地，按砖厂办事人员指定的时间安排了明天去拉砖头的汽车，很快五万块砖头陆续堆满了工地。

　　林怀生高兴地竖着大拇指直夸："还是大哥有办法啊！"春妮听后默默无语。

　　带着茶色眼镜的小个子办事员，见春妮的房子地基挖好了，砖墙也砌了一截，便出来阻止说："你们这块地皮是办公室主任指定的，院长让你们马上停工。"春妮说："不可能，是院长亲口答应让我们盖房的呀。"办事员说："是院长让我来告诉你们停工的。""停工可以，但你说了不算，让院长亲自来告诉我才行。"春妮心想："院长不可能看见我们轰轰烈烈动工了，又要求停工吧，这不符合院长一贯的作风啊。可能是办公室主任看见动工了……房子有棱有角起来了，眼红嫉妒，耍花招，才以院长的名义来阻止吧。"小个子看春妮沉思了一会儿，又说："你现在停工，主任现在住的房子将来给你还不行吗？""行啊，我们正好也没钱盖房，但要一手交钥匙，一手换地基。"春妮说的是心里话，一句话说得小个子没话说了。说实在的，盖房子的事很麻烦，需要钢筋、水泥、石子、沙子、砖头、楼板、水管、门窗、玻璃、电线等东西。春妮利用业余时间到处奔波，丈夫话少，不爱求人，一般不出去跑关系联络。

看着房子一天天盖起来了，有些人又开始对着杨帆说风凉话："杨帆，你一天听老婆的话胡闹啊，不看自己有多大能力，还盖房子。""是啊，穿衣吃饭量家当，搽油抹粉称人样嘛。""杨帆，你整天听你那个老婆的话，可要倒霉啊。"

正在盖房经济紧张的关键时刻，突然，医院通知春妮和杨帆，说："财政上给你们盖房拨款一万元，是专款专用。"后来，春妮才知道这是地方组织上对知识分子的特殊照顾，虽然钱不多，但对春妮的小家庭来说，解了燃眉之急。

春妮拿着一万元崭新的人民币，眼睛里溢满了对组织感激的泪水，她默默下定决心，要好好为人民服务。因砖瓦厂的砖头暂且不用结账，她用这一万元预订了预制板、水泥、钢筋，还给工程队付了部分工资。

终于，春妮和杨帆白手起家盖起了房子。尽管有不少好心人默默地帮忙，然而盖完楼房，春妮一家还是贷了几万元的款。春妮对全家人说："咱们一定要咬紧牙关、勒紧裤腰带还债。要学会勤俭节约，不要和别人比吃比穿，我们家和别人家不一样啊。我们要一起努力度过这段困难时期，相信一切都会好起来的。"

从此，她家的饭菜就成了炖土豆、醋熘白菜、炒土豆丝、山药丸子一类的家常便饭，大米饭换成了糜子米饭，白面馍馍换成了玉米窝窝。春妮的女儿也很听话，大人吃啥她就吃啥。

盖房前，春妮对丈夫杨帆说："你看能不能和你们家兄弟姊妹借点儿钱。如果没钱，给借点儿粮食也行。如果没钱没粮，哪怕过来帮工干点儿苦活也行。有钱出钱，没钱出力也行啊。"丈夫杨帆一口拒绝说："那是不可能的，他们没人会来帮你忙，你就死了这条心吧。"杨帆的二弟，那个不懂人情世故的杨寒不但不帮忙，还在一旁说风凉话呢。别人问他："你哥盖房，你为什么不去帮忙呢？"他回答说："他们那是钱多得柜子里锁不住了，才盖房啊。"春妮和杨帆盖了大半年房子，惊天动地，添砖的、添瓦的、添劳力的、添钱的，没多有少，哪怕能添一句暖心窝子的话，春妮也不会忘记。连医院看大门的老于、做饭的厨师老贺有空都会来问有什么需要帮忙的，而丈夫杨帆的家人却装聋作哑，一个字也没过问。

十七

这天，丈夫第一次主动打电话给春妮。

"父亲去世了,你说,咱没钱咋办父亲的丧事啊?"杨帆在电话那头哭哭啼啼地说。他能主动打电话和春妮商量家事,已经是很大进步了,春妮真是受宠若惊。

春妮想:"也许是他弟弟杨寒又逼迫他了,也许是他实在借不到钱了,也许是上次母亲对他的教训起了作用……"反正丈夫杨帆破例打电话和春妮商量家事,让春妮感到迷惑而又惊讶。

丈夫杨帆在电话那头愤怒地说:"杨寒太过分了,用家里的粮食养了一头大肥猪,却连一点儿肉也没给老人吃,老人去世到现在竟连一点儿供品肉都没有。"丈夫杨帆第一次说了一句公道话。

春妮听后流下了同情的眼泪。丈夫在电话那头又说:"春妮,父亲去世了,杨寒两口子说没钱,只拿出五十元给老人办丧事,我拿的钱也不够办老人的丧事,咋办啊?"

春妮从电话里听出丈夫杨帆对杨寒极度不满的情绪和办丧事没有钱的着急无奈,春妮想:不管咋说,这是丈夫唯一一次和自己商量他们家的大事,也是唯一一次和自己商量用钱的事儿,而且,又是老公公人生的终点。于是,她对丈夫说:"杨帆,我告诉你,不管有钱没钱,肯定要让老人风风光光地走好。"她首先给了丈夫足够的面子,心想先帮丈夫撑起这个门面再说吧。

春妮在电话这头干脆利索地继续说:"你告诉那个昧

良心小子杨寒，他工作那么多年，只出五十元丧葬费，再不出钱的话，那让他把五十元钱也收回去，我们一分钱也不要他出，让他靠边站。"

春妮说着还激动地哭了，她对丈夫杨帆继续说："老人的丧事，我们自己也能办。我们既然能贷款盖房，也能贷款安葬老人。放心吧，谁也不会因此笑话我们的。咱就按照村里安葬老人的风俗习惯，以最高的礼节给老人送终，风风光光送老人入土为安。钱在世上呢，花完了还会挣来，你放心办吧。"

春妮在电话这头的慷慨言辞，丈夫杨帆听后感动不已，春妮仿佛听见他在电话那头抽泣的声音。杨帆听到春妮宽宏大量地让他大办老人丧事的话语，当即就回去向医院借了五千元现金，购买了大米、白面、猪肉、牛肉、羊肉、酱猪肘子、鸡、鱼、鸡蛋、香油、糕点、挂面、黄花菜、海带、香烟、白酒等办丧事用的东西，准备招待全村的人和来送老人最后一程的亲朋好友。

后来杨帆曾多次对春妮说："春妮，你真的有一颗金子般的热心肠，别人不理解你，我已经能够理解你了。"

老人的丧事办完后，还剩了不少米面、烟酒、肉类，反正一切都以丈夫杨帆满意为主。办丧事花了多少钱，只有丈夫杨帆知道，春妮从没过问，她和往常一样只是默默还债。

老公公去世，春妮的心情也很沉痛。老公公虽然是个没文化的农民，但人还是很正派的。她曾经给老公公买过衣服和毡帽，让他冬天防风防雪。老公公穿戴上她买的衣服和毡帽后很满意，逢人便夸："是大儿媳妇买的啊。"老公公曾经在春妮结婚后给过她二十元钱，并略带愧疚地说："结婚时啥也没给你买，这点儿钱买件衣服穿吧。"尽管当时那个一毛不拔的婆婆一脸不高兴，看着老公公给春妮钱当即就说："买猪崽还没钱呢，二十元钱能买两只猪崽啊。"听到婆婆这样说，春妮当时就没拿那二十元钱，但是她心领了。她想来想去，觉得老公公在人世间最后一程了，自己不去送行不合适，那样自己也会留下遗憾的。

可是，天公不作美，正赶上大雪封山。春妮在大雪纷飞的早晨，准备骑自行车去参加老公公的葬礼。

春妮把女儿托付给邻居，锁上大门后，便骑自行车出发了。刺骨的寒风像刀子一样刮在脸上，春妮不得不眯起眼睛。自行车的链条发出不堪重负的"咔嗒"声，车轱辘在积雪中艰难地滚动。突然，前轮陷入了一个被积雪掩盖的坑洼，春妮来不及反应，整个人向前栽倒。春妮艰难地爬起来，不顾膝盖的疼痛，继续骑车前行。经过五六个小时的艰难行驶，春妮终于到了丈夫的老家圪图村。

春妮的突然到来，令杨帆家所有人都很惊奇，但一家子谁都不理春妮，压根儿就像看到陌生人一样。春妮不明白为什么一家人要把自己冷落在一边。按正常人家来说，家里埋葬老人都是儿子儿媳掏钱，在这种情况下，好不容易儿媳自己回来了，全家人应该高兴才是，最起码应该问寒问暖迎接一下吧。丈夫杨帆同样展现出一副冷冰冰的面孔，这让春妮顿时感到一种莫名的失落。春妮感觉真是自找苦吃，热脸贴了个冷屁股，对老公公去世的悲痛顿时化为满腹的委屈，任泪水哗哗流淌。

当时，只有丈夫杨帆的堂嫂看见春妮满眼含泪，又累又冻的可怜样儿，过来拉着她的手问寒问暖。她双手拉着眼泪汪汪的春妮来到供桌旁，抽出几张事先叠好的纸钱递到春妮手里，让春妮给老公公烧了几张纸钱。烧完纸钱后，春妮傻愣愣地站起身，迷茫地看着院子里来来往往忙碌的人群。

现在，春妮鞋子和裤腿口都被寒冷的冰雪浸泡得湿漉漉的，结了小小的冰珠。她忍受着寒冷的刺激，不住地上牙磕着下牙，浑身瑟瑟发抖。她看着杨寒得意的样子，心又一次凉透。

春妮忍着浑身肌肉的颤抖，情绪失控地跪在老公公的灵柩前，向已故的老公公哭诉自己的委屈，哭诉人生的不容易，谁是谁非，谁对谁错，希望他在天之灵能看到。

"起灵了！"在"丁零……丁零"的铃声中，不知是谁喊了一声。随着喊声和铃声，还有亲人悲痛的哭喊声，棺材被几个年轻后生抬起来慢悠悠地放在平板车上。春妮一直走在老公公的棺木旁，把已故的老公公哭送至坟地，直到老公公下葬。

十八

夏收过后，农村忙碌了一夏的农民有了些空闲，家家户户飘出的炖羊肉味儿溢满山川。春妮念叨着要感谢给杨寒落户、找工作和在自家盖房过程中伸出过援手的贵人，于是，她给杨寒捎话让他在农村买几只大羊腿。这天，杨寒提来一只脏兮兮的尼龙袋子说："你不是要谢人吗？给你拿来了。"春妮高兴地问羊腿在哪，心想几只羊腿怎么也得扛进来吧。

"睁大眼看啊！"杨寒怒吼。春妮习惯了他的大嗓门儿，没在意他说话时的表情和粗鲁的语气。

春妮轻轻提起袋子，见里面装着两只小羊腿，左看看，右瞧瞧，说："这像是死羊羔的后腿啊！""那你要甚啊？"杨寒不耐烦地喊叫着。

"天呀，这咋送人啊？""想咋送咋送呗！"看着杨寒蛮不讲理的表情，春妮气不打一处来，满腔怒火涌上心头。

她发呕地看着羊羔后腿表面苍蝇嗡嗡地飞着，肉缝里蛆虫蠕动，一气之下，把两只羊腿狠狠地甩出院子。

杨帆早已对春妮的挑拣不满，看她把羊腿甩出去，恨得咬牙切齿。一向沉默寡言的杨帆，实际上脾气暴躁，这会儿已经几次握紧拳头。看着即将来临的暴风雨，春妮无奈坐下，不说话了。透过门帘，望着羊腿招来的苍蝇嗡嗡地抢食，春妮烦躁地闭上了眼睛，默默吞咽了不满情绪，躲过一劫。

晚上，杨帆很晚才回到家，春妮和孩子已熟睡。

"噔噔……噔"，杨帆沉重的脚步声惊醒了梦中的春妮。她翻了个身，侧耳听见锁自行车的声音，继而听见"咚咚"的敲门声。

她看了看手表，已经凌晨一点多了。她裹紧被子，想让杨帆在门外醒酒。敲门声越来越大，最后变成了拿着砖头"咣当咣当"的砸门声。

砸门声越来越大，震得春妮心惊胆战。她怕惊动左邻右舍，便勉强抑制了自己的不满情绪，披上睡衣开了门。她见夜空中电闪雷鸣，狂风暴雨。杨帆一脸怒气，一股臭烘烘的酒味夹杂着雨点迎面扑来。"都几点了！"她压低声怪怨着，随后缓缓上炕，钻进了被窝。

躺在被窝里的春妮睡意全无。她闭着眼睛，听着暴风雨"哗啦啦"击打窗户的声音，心想丈夫好歹也得给自己解释一下白天的事吧，没想到丈夫拿着一本书装模作样地读起来，几分钟后书一摆，呼噜噜进入了梦乡。

春妮躺在丈夫杨帆身边,听着他震耳欲聋的鼾声,犹如烙饼一样翻腾煎熬,想叫醒他问杨寒拿来的两只死羊羔后腿怎么送人,又怕惊扰了丈夫的美梦惹他生气。

丈夫的无情无义,让她心里郁闷、无奈,只能听雷声数雨点,想着往事,想着初恋春生的温柔体贴。

杨帆一觉醒来,下地喝了杯水,倒在炕上拿起昨晚看的书似看非看,不想和春妮说一句话。被鼾声折磨得一宿没合眼的春妮,看丈夫没有主动与自己说话的意思,便想把自己心里憋了一天的话一吐为快。她试探着问杨帆:"死羊羔肉,能送人吗?"

杨帆翻了个身,放下书,一手支撑着脑袋没说话,两人各怀心思地沉默了半天。春妮又说:"死羊羔肉,不是感谢,是欺负人啊!"

杨帆一跃而起,扬起拳头冲着春妮脸上打了一拳,又在春妮腰部踢了一脚。"你疯了!"春妮惊恐地怒吼着。杨帆还是一声不吭,扯开春妮紧裹的被子对她一顿拳打脚踢,恶狠狠地冲春妮吼叫道:"你有功,老子感恩你啊!"

春妮哭喊着数落他没教养。在黯淡无光的小屋里,杨帆愤怒的拳头又一次狠狠地落在春妮身上。

杨帆凶神恶煞,满脸杀气腾腾,牙齿咬得"咯咯"响。

他满嘴散发着酒精的臭味,唾沫星子四处飞溅,边打边恶狠狠地警告春妮:"看你还敢不敢再给弟弟脸色看,敢不敢嫌弃他拿来的是死羊羔肉!"

女儿在睡梦中被妈妈凄惨的尖叫声惊醒,惊慌失措地爬起来,惊恐地瞪着眼睛,拉着爸爸杨帆粗壮的胳膊央求说:"爸爸,爸爸呀!别打了,别打妈妈了!"

看着可怜兮兮的女儿,杨帆终于松开了手。他坐在沙发上喘着粗气,一口接着一口吸着烟卷不说话,抽够了烟便一溜烟骑着车子出去了。

遍体鳞伤的春妮,痛不欲生地躺在冷冰冰的土炕上,她在反复思考着一个问题:自己该怎么办,怎么活呀?看着宝贝女儿一直在哭泣,她更伤心了。

"妈妈,妈妈,我们不要爸爸了,我们去姥姥家吧。"宝贝女儿哭着对妈妈说。春妮伤心地想,父亲已经去世,怎么能再让母亲为自己的事操心呢?

她绝望地想,现在只有一条路了。她无望地抬头看看女儿,女儿的小脸蛋上挂满了泪痕,可怜兮兮地看着她。她勉强撑起自己遍体鳞伤的身体,伤心地流着眼泪,抱着女儿痛哭一阵。

春妮忽然推开女儿,擦干眼泪,摸摸宝贝女儿的头说:"天要下雨,不去姥姥家了,暑假再去姥姥家吧。"

"妈妈,你去哪?"女儿疑惑地望着妈妈问道。春妮疼爱地摸摸女儿的头,顺手把女儿披散的头发扎成个小辫子说:"外面下小雨了,你去皓皓家先看会儿电视,妈妈出去办点儿事,一会儿就回来。"女儿看着妈妈抹干眼泪要出去,再没多问,去隔壁邻居家和同龄小伙伴皓皓玩了。

孩子出去后,春妮才鼓起勇气照了下镜子,只见镜子里的自己两只眼睛犹如两颗发霉的核桃,嘴角渗出血,身上到处都是瘀青。她眼泪扑簌簌地往下落,想起杨帆丧心病狂的样子,脑海里突然闪出一个可怕的念头。

外面的小雨淅淅沥沥下个不停。春妮想,自己是个堂堂的大学生,坚守医德的妇产科医生,没做任何丢人现眼的事,怎么能被丈夫打成这样?满肚子委屈给谁诉说呢?谁又能理解和相信自己呢?此刻,春妮满脑子都是"生不如死"几个字。

春妮强忍着泪水,扯下穿衣镜前挂着的湿毛巾轻轻地擦了一下脸上的血迹,又用粉底霜掩盖了脸上的瘀青。她想起上次自己随口问了丈夫一句"借钱花哪儿了",丈夫二话不说出手就是拳头,自己也是这样涂抹粉底霜掩盖瘀青去上班的。想到这儿,她的眼泪又开始哗哗流淌。她想大哭一场,又怕邻居听见了笑话,只能强行压抑自己的情绪。

外面下着绵绵细雨,春妮随手拉了件外套披在头上,既用来挡雨又能避开邻居的视线。她冒着雨雾,缓缓来到后山孩子们经常玩耍的水库边。

平静的水面上，跃出一条大鱼，溅起了一朵水花。涟漪下几条小鱼在游来游去。"妈妈。"她仿佛听见鱼儿在呼唤妈妈，不，又像是自己的女儿在呼唤，她一时分不清是幻觉还是现实。

春妮似乎又听到有人在呼唤她的名字，猛一回头，惊讶得不敢相信自己的眼睛。她看到卢西在向自己走来，卢西边走边说："春妮，你怎么在这儿呢？没想到吧，一年一次招生，我这次又回来招生，听同学们说，你父亲他老人家走了，对你打击很大，还说他们在地区晨报上看到了你写的文章《养父之情》。虽是养父，养育之情深厚，同学们看后都很感动。"他看着春妮痛苦的表情，觉得这个话题有点儿伤感，便转移话题说："我今天招生任务完成了，顺便来看看你。"他看着春妮始终用衣服遮盖着自己半张脸，淅淅沥沥的小雨打湿了她盖在头上的衣服，便贴心地把雨伞撑开给她挡雨。

卢西看着春妮又说："伯母还好吧，我们几年没见面了……我刚敲你家大门时，隔壁林东刚从外面回来，说见你一个人在水库边坐着哭呢……我不放心就直接过来找你了。"

"卢西，你来得正是时候，你说我该怎么办呀？"春妮感觉瞒不住了，于是不好意思地低下头哭着说了一句。

"春妮，你的情况我全知道了。我和你们家的邻居林东过去就认识，他好像很清楚你们家的事，他知道你和我是同学、好朋友，把你们昨天发生的事都告诉我了。他说你人很好，开朗热情，精明能干，有股持之以恒的倔劲，还说你这几年拉扯小叔子不容易啊，林东对你评价很高。他说你丈夫杨帆是个闷葫芦，做事简单粗暴。""终于有人替我说句公道话了，死了也甘心啊！"春妮眼含热泪说道。

"春妮，你怎么能说出这样丧气的话呢？这可不像你说的话呀！你别忘了自己是名共产党员，是名医术熟练的妇产科医生，也是一位母亲，你还有慈母需要赡养，任重而道远哪！"卢西语重心长地劝说春妮，想让她对生活重燃希望。看春妮心情稍微平静一些，卢西继续说："刚才林东还说，你们黎明前发生的事他都听见了，包括你丈夫杨帆什么时候从外面回家，咣当咣当的砸门声，你们打闹的声音和杨帆动手打你的声音，人家都听得清清楚楚，后来听见你说话的声音，他们才放心了。""人家林东挺好的，远亲不如近邻嘛。杨帆走后，人家一直在注意你的动静，怕你想不开，直到你出来人家还关心地看着你呢，多好的邻居啊！"卢西感叹道。

卢西掏出自己干净的手绢递给春妮擦眼泪，然后默默捡起脚下的一块石头扔进水里，看着清澈的水面上激起一圈圈涟漪，又转过身对春妮说："邻居都了解你，再说你也没做什么见不得人的事呀,你要好好活着,让伤害你的人受到惩罚。"

卢西掏心掏肺地劝说春妮。看着春妮目光绝望呆滞,又说:"实在不行,你就请假休息一段时间,出去走走,调整一下自己的心态,就你这技术到哪儿都会有饭吃,现在南方正是需要人才的时候,你可以出去闯荡闯荡。"

卢西的一席话点醒了春妮,让她明白了遇到困难除了"一死了之"还可以"一走了之","人生路很长,条条大路通罗马"。

和卢西告别后,春妮回家翻开日历,马上七月十五了,想起静静躺在故乡石峁山、回归了黄土地的父亲,泪水又一次模糊了眼睛,她又想起了那件让她遗憾终生的事。

父亲去世那一年的夏天,她下乡前,为了感谢给杨寒介绍工作的老院长,她买了一个刚上市的大西瓜,脆皮红瓤,春妮想,一定爽口极了。给老院长买完西瓜后,春妮想给自己年迈的父亲也买一个西瓜尝尝鲜,她在西瓜摊上犹豫了半天,转悠了好一阵,把手伸进裤兜里摸着剩余的几张零钱,拿出来看了一下,还不够买一斤西瓜,她羞愧而又内疚地在心里对父亲说了声:"大,对不起了,等我下乡回来再吃吧。"

一个西瓜,从此成了她对已故父亲永远无法弥补的遗憾，至今都让她感到深深的愧疚，只要看见西瓜就想起老父亲。

这次七月十五，春妮准备回故乡给父亲献上一个大西瓜，祭奠一下已故的老父亲，了却自己的一桩心事，再在故乡石崩山那荒凉的黄土坡上纵情地释放自己的委屈，向已故老父亲倾诉一番自己生活中的痛苦。

春妮骑上车子给母亲买了一些日用品和水果，不一会儿来到母亲家。见母亲精神状态还好，正在给孙子们捏面人，便放下东西对母亲说："妈，明天有顺车，我回老家呀。""啊，有事吗？"春妮见母亲抬起头来赶紧调转脸，回了一句："没啥事，你放心吧。"她匆匆离开了母亲家，幸亏母亲视力不好，看东西模糊，她怕多留一会儿碰见弟弟和弟妹。她不想让家人发现她眼睛浮肿，只好匆匆离开。

告别了母亲，她急忙赶到医院。这会儿医院人不多，她尽量低着头遮遮掩掩走进值班室。她眼巴巴地瞅着主任办公室，主任习惯每天提前半小时上班。主任刚打开办公室门，她便跟进去直截了当地说："主任，最近不忙，我想休两周假。"主任边换衣服，边奇怪地扶着眼镜问："休假，干吗去啊？"春妮带着哭腔说："我想回老家祭奠一下已故的父亲。"主任见春妮还没走出失去父亲的痛苦阴影，说："也好，难得你有一片孝心，正好这段时间患者不多,你写个请假条吧。"

春妮迫不及待地掏出写好的假条放在主任桌上,然后快步走出办公室。刚才在主任办公室,她一直没摘口罩、帽子,捂得严严实实,还戴了一副眼镜,才没让主任发现自己脸上的瘀青。

走出医院大厅,她深深吸了口清爽的空气,直奔汽车站,抛开所有烦恼、伤心、痛苦,离开了自己心爱的宝贝女儿,搭上了回故乡的长途汽车。

十九

春妮又回到高家堡古镇堂哥堂嫂家了,第二天正是古镇遇集的时候。

一大早,春妮在堂嫂的陪同下上街,准备买祭奠用品,还有西瓜、香瓜、葡萄等父亲生前爱吃的水果,堂哥还准备了烟、酒,用开水煮了三片白肉。按故乡的习俗,上坟要早早去。

高家堡古镇历来七天一集,年轻人一群一伙,穿着新衣裳,赶着趟儿从四面八方拥来,犹如过节一样,他们将劳作后身上的泥土洗得干干净净,搽着香喷喷的雪花膏,尽量把自己打扮得像城里人一样时髦洋气、自然大方。尽管如此,也难以掩饰风沙在他们脸上留下的痕迹。

集市上有小伙儿和姑娘们约会逛门市、看戏、买时兴货的,有庄稼人担柴、挑菜、提鸡蛋、骑牛、赶驴、推车的,有铁匠、鞋匠、木匠、泥瓦匠,还有卖字买画、耍猴卖艺、显摆古董、镶牙、卖花的……他们都兴高采烈地享受着古镇独有的烟火气。

石峁山下高家堡古镇的青石板街道,千百年来经历风吹日晒,承载过多少代人的脚印。被踩踏得光溜溜的街道上挤满了花花绿绿的年轻人。

七天一集是古镇人民多年来约定俗成的,也就是干六天活,休息一天。在遇集这一天,人们卖掉自己家的农产品、手工制品等,来换取生活用品。这一天,也是人们放松心情,相互约会见面、互诉衷肠的大好时机。

今天,又是祭奠祖宗的日子,来集市上买香火的人很多,街道挤得水泄不通。春妮和堂嫂挤进人群,买了两大筐祭奠用品,每人提了满满一筐。"再买几个月饼吧,二大喜欢吃月饼。去亢家月饼铺,那是高家堡有名的糕点店,一年四季炉火不灭,月饼现烙现卖,酥脆可口。"堂嫂说。

春妮和堂嫂买好了祭奠用品,匆匆去坟上祭奠。堂嫂拿着香和纸去隔代祖宗坟头进行祭奠。

春妮迫不及待地跪在父亲的墓碑前,摆上大西瓜、月饼等祭奠的食物,边点纸,边抑制不住哇的一声痛哭起来。"大呀，女儿给你送西瓜来了。"她大声哭着说着，仿佛觉得天堂里的父亲能听见她说话似的，像小时候自己受了委屈一样，在父亲面前哭诉。

父亲那句贴心窝子的话回响在耳边："你那个懒惰、没良心的小叔子，不值得你管，还是多管管自己的孩儿吧。"她哭喊着："大呀，女儿当初没听您的话呀，落到今天……"她后悔莫及，为昧良心的小叔子杨寒付出太多，因此忽视了自己的父亲。"大呀，女儿对不起你啊！"她越哭越伤心，对父亲的怀念和自己婚姻生活的不幸，一时间各种情绪涌上心头，她在石崂山上纵情地释放着自己压抑已久的情绪。堂嫂陪她哭了一阵，随后擦干眼泪说："好了，不哭了，我们回家吧。"堂嫂见春妮越哭越伤心，抬头看看天气又说："要下雨了，二大不让你哭了啊。"堂嫂强行扶起了她，帮她擦干了眼泪。厚厚的乌云压过石崂山，霎时电闪雷鸣，春妮收了哭声，无奈地跟着堂嫂匆匆下山回家。

春妮这次回老家没告诉哥嫂杨帆挥拳打她的事，只说是回来祭奠父亲。她不想让哥嫂操心自己的事，又害怕传出去让春生知道。

春妮觉得回到故乡能让她暂时忘掉所有的痛苦。故乡的石崂山，故乡的小溪，故乡柳树成荫的小路……故乡的山山水水、一草一木，都是春妮的童年记忆，诉说着她和初恋春生的往事。春生的影子常常浮现在河边,浮现在小路和青石板街道上,伴随着她的脚步。

春生的身影和那充满柔情的眼神常常出现在她的脑海中,是甜是涩,似乎是一个永远解不开的谜。多少年来,她把那份纯真的柔情默默埋藏在生活的酸甜苦辣中,成为她努力生活的信念。

春生听说春妮回故乡的消息后,便急匆匆赶回古镇。他知道春妮喜欢逛古镇集市,一大早把自己打扮得风流倜傥,假装去集市上闲逛。他在东西南北四条大街上特地转了两圈也没看见春妮的踪影。

现在春生家与春妮堂哥家住斜对门,中间隔一条小巷。春生因曾与春妮的堂哥堂嫂的醉酒风波,几年了第一次回故乡,他当然不好意思就这样去春妮的堂哥家里寻找春妮。

春生的父母跟着姐姐春芳去县城住了,弟弟秋生也已成家立业,拖家带口外出打工了,家里空无一人。

昨天傍晚春生回到家,住在自家窑洞里,正值夏末初秋之时,窑洞里略显闷热潮湿。春生披着深蓝色的外套,焦急地在院子周围走来走去,看春妮的堂哥从四合院出来,向厕所走去,他想硬着头皮和春妮的堂哥打声招呼,并决心"骂不还口,打不还手",心想只要春妮的堂哥答应让自己去见春妮,只要能让自己和春妮单独谈一次话,自己就知足了。

春妮的堂哥从厕所的石头墙缝窥见了春生着急的样子，聪明的堂哥知道他想见春妮，便故意蹲在厕所拖延时间，心想："你能等，我能蹲，只要你小子在，我就不起来。"春生不住地看着手表，耐心等待着。

"春生回来了？"邻居袁哥与春生打招呼。在春生扭头回应的瞬间，春妮堂哥像抓住了救命稻草一样，提起裤子，来不及系裤带就往家跑。

春生见等了半天的堂哥转眼溜走了，心里沮丧极了，再也没心思和邻居袁哥说话了。他裹紧了外套，胡乱应付了几句，便急匆匆回到家。

他绞尽脑汁地想，怎么能见到春妮呢？两家人虽说只有一巷之隔，却像是有一座大山稳稳地横在两人面前。

他用拳头狠狠捶了下桌子自言自语道："哼！这次一定要见到春妮，否则，誓不罢休！"

坐在堂哥家土炕上看书的春妮，看到从门外回来的侄女芬芳挤眉弄眼地向她描述："姑姑，那个晃脑小子回来了，刚才在咱家房子周围晃悠，还瞅着咱家院子，看来他知道你回来了呀。"芬芳说着，吐了吐舌头，俏皮地嘿嘿一笑。

芬芳虽是小女孩，但她早已从大人的话语里，得知姑姑和春生的初恋往事。

芬芳理解姑姑的心思,她怕父母看见,机灵地忽闪着大眼睛向姑姑用手势比画。

她凑近姑姑耳边悄悄问道:"姑姑,你愿意见他吗?"春妮没说话,只是看着芬芳羞涩一笑,又看看堂哥和堂嫂。

堂嫂理解春妮的心思,硬是逼着堂哥去街上买瓶酱油。堂哥没说话,顺手拿了一盒金丝猴香烟,甩了甩风衣袖口,缓缓迈出门槛。

芬芳看着春妮会意地笑了笑,想说什么,没说出口。一仰头,对妈妈说道:"妈妈,快看,小鸡把咱家石床上晒的谷子吃了。"机灵鬼芬芳支走妈妈后,悄悄地对姑姑说:"姑姑,你要是想见那晃脑小子,我有办法。"春妮抬头看看院子里正在簸谷子的堂嫂没说话。

春妮心想:自己何尝不想见到日思夜想的春生呢?分开这么多年,从没单独说过话。她多想看看他那温柔的眼睛、迷人的酒窝,听听他说话的声音。

当她听说春生回来了,内心的激情又开始燃烧,脸颊变得红润,心儿怦怦狂跳。她想见春生,嘴上却对芬芳说:"傻丫头,别瞎折腾了。"芬芳从姑姑的表情中看出了她的心思。

芬芳神秘兮兮地对姑姑说:"看我的。"说着,芬芳手里拿着皮筋,蹦蹦跳跳出了大门,边唱歌,边跑进杰家大院。

聪明的芬芳到了杰家大院门口大声呼叫:"咕咕……咕咕,哎呀,把你挨刀子的绿尾巴公鸡,你死到哪儿去了啊?"她自言自语呼唤责备着自家的绿尾巴公鸡。

窑洞里的春生像热锅上的蚂蚁,坐立不安,突然听到有人"咕咕"的叫鸡声,喜出望外跑出来,生怕来人顷刻消失。

他一眼认出眼前的女孩儿是春妮的侄女芬芳,便兴奋地晃动了一下拳头自言自语地说:"哈哈,天助我也!"他迫不及待地问芬芳:"芬芳,你姑姑在你家吗?家里还有谁啊?她会不会去赶集?她啥时候走?是她一个人回来的吗?"春生一连串的问题,直问得芬芳没有机会回答。春生竟忘记眼前站着的是一个小女孩儿。

"我找我家公鸡呢,是一只红色羽毛、绿色尾巴的公鸡,我看你家大门敞开着……嘿嘿……"芬芳说着,故意抻长脖子往院子里瞅,一副认真找自家公鸡的样子。机灵的芬芳且说且转身要走,没想到春生一把拽住了她的胳膊恳求着问道:"芬芳,乖!你姑姑在你家吗?""在呀。"芬芳边回答边要走。春生拉着芬芳说:"别急着走呀,芬芳,你听我说,你一定让你姑姑过来啊,我和她有话说。"芬芳俏皮地笑着说:"我姑姑不过来,你要说啥去找她呀。"芬芳故意显出一副并不在乎的样子。

"你爸妈在家吗?"春生紧接着追问芬芳。"我爸去买酱油了,我妈在院子里干活,我姑姑一个人在看书。"芬芳眯缝着双眼,似笑非笑地告诉春生。

"真的吗?芬芳,你带我去好吗?"春生边祈求芬芳,边着急地披上那件深蓝色的外套,顺手给芬芳塞了一把花花绿绿的糖果,自己装了两袋糖果和一盒大前门香烟就往门外走。

春生跟着芬芳来到高家大院,他的心早已"怦怦怦"跳个不停,他努力克制着自己激动的心情。

走进大门,只见春妮的堂嫂在院子的石床上用簸箕簸金黄的谷子,两只胳膊一上一下来回颠簸着。堂嫂假装没看见春生,不想和他打招呼。春生为了见到春妮,大大方方和堂嫂打了声招呼:"嫂子,在家啊,谷子收成不错啊。"他没话找话,给堂嫂递了一支大前门香烟,对着堂嫂微微一笑。

堂嫂接过香烟,春生高兴地擦着火柴,用手圈着火,笑嘻嘻地点着了堂嫂手里的香烟。"大前门香烟,不好买啊。"堂嫂话里有话地说。春生顺手把烟盒放在堂嫂面前的石床上,堂嫂抽着香烟看着春生淡淡一笑。

堂嫂今天的态度令春生开心,他灿烂地笑着,两个酒窝里溢满了诚意。堂嫂看着春生心想:还是洒脱、英俊的后生啊,怪不得春妮至今对这个晃脑小子念念不忘。

其实，堂嫂也很同情春生，那次在酒席上骂他也是恨他不成器。而今，堂嫂知道他想见春妮，就仰仰头用下颌示意春生进屋。

机灵的芬芳早已先一步告诉姑姑："姑姑，那晃脑小子真来了啊，现在正在拍我妈的马屁呢，哈哈，我看他着急见你才这样拍马屁的。"

"芬芳，别说了。"春妮的心在狂跳，胸闷得喘不过气来，浑身热血沸腾。此时此刻，她脑子一片空白，她想见春生，又害怕见到春生。

春妮心里燃烧着一团久违的烈火，浑身却因为紧张而瑟瑟发抖。她晕晕乎乎地以为自己在做梦，但初恋春生真真切切地出现在自己眼前。

得到堂嫂允许后，春生悄无声息地走进屋，坐在春妮对面的椅子上。这时机灵的芬芳早已不见了踪影。

春生脑袋低垂到胸口，右手紧攥左手，坐在椅子上长吁短叹，自责悔恨，语无伦次，结结巴巴，不知该说什么好。"对……对不起啊，春妮，你……你打我吧。"他那清澈明亮的眼睛里满含愧疚，苦哈哈地对春妮说，"打我，骂我，罚我，都是你的权利，我任由你处置。"春妮面无表情，内心却汹涌澎湃。

春生不断做着深呼吸，然后深深叹了口气，用极其低沉又嘶哑的声音望着春妮说："打我，骂我都行，我不是人啊！你打我两下，让我好受点儿！"春生带着万分内疚的表情祈求春妮。

春生说着又长叹一口气，他不住地做着深呼吸，释放自己压抑已久的低落情绪。他早已做好了准备，准备接受初恋春妮的惩罚。仿佛春妮对他的惩罚越重，他才能赎罪，心里才能好受一些。

两人分开几年的时间里，春生得了相思病，对春妮日思夜想，连做梦都呼喊着"春妮，春妮，我们私奔吧"，如今三十五岁了还等着春妮，等着见面这一天。

春妮举办婚礼的那天，他蠢蠢欲动，一心想去抢自己的初恋，却被家里人硬拦着，他恨不得一头撞死自己……

春妮沉默半天，一句话没说。眼前人是她盼星星盼月亮、心心念念想见的人啊，见了却没话了，心里又恨又爱，真是爱也不行，恨也不成，爱恨两相煎啊！

春妮本来准备了一肚子怨恨的话要对春生说，但是看到春生那温柔迷人的眼睛，脑子刹那间一片空白，所有的怨恨瞬间消失得无影无踪。

春生把自己的手指捏得嘎巴嘎巴响。沉默，沉默，两人还是沉默。他们用眼神传递着彼此的内心世界，此时无声胜有声。

春生哪知，那次他含泪离开高家堡古镇，春妮在他流过泪的草地上、两人拥抱过的大树旁、弯弯曲曲的河道边，寻找他走过的路，留下的脚印，用丝线量下春生脚印的大小，用铅笔认真把脚印绘在纸上，最后抓起脚印下的土藏在自己衣兜里。似乎那脚印就是春生的身影，脚印里蕴藏着春生凝视自己时的含情脉脉。她常常对着那一抔土失神发呆。这一切，她从来没有告诉过春生。

因为春生，她对自己的故乡高家堡有着特殊情感，只要有人提起石峁或高家堡几个字，她都会莫名其妙地失神，只要看到故乡的一草一木或听到故乡的方言，她都倍感亲切。

房间里静静的，墙上挂钟的嘀嗒声和几年前一模一样。小鸟飞过窗前，叽叽喳喳地叫着。他们仿佛听到彼此心跳的声音，心儿默默贴近，热血在彼此身心沸腾，心头压抑的内疚在沉默中爆发，只能用一声声的叹息来排解、释放各自的爱和恨。

"甚会儿（啥时候）回呀？"春生打破沉默。他觉得春妮堂哥家不是久留之地，更不适合在这儿诉说久别的衷肠。他害怕春妮的堂哥或堂嫂突然进来，搞得大家都尴尬。

春生努力使自己平静下来，再次问春妮："甚会儿走呀？"在春生的追问下，春妮头也不抬地回答说："明天回家。"她避开春生火辣辣的目光，泪花在眼眶里打转。她欺骗了春生，不知道自己家在何方。

春生"嗯"了一声便离开了春妮的堂哥家。他感到很失落，没有回自己家，而是去了县城的姐姐家。

春生连续两天起了个大早，在车站东张西望，焦急地等待春妮。他抻长脖颈，眼巴巴盯着从高家堡开来的每一辆车和车里坐的每一个人，甚至连加油的货车也不放过。每次他都要上车看看，来县城办事的熟人和他打招呼问："春生，找谁呀？"他笑笑说："接个同学呗。"他一直等到中午最后一辆从高家堡古镇开来的车，也没看到春妮的影子，这令他感到万分失望和沮丧。

时间在慢慢流逝，每分每秒都令春生感到煎熬。第三天早上，他早早赶到车站，穿过密集的人群，终于看到了春妮的身影。人群中的她散发着与众不同的气质，那双童年时期就让他着迷的亮晶晶的大眼睛，忽闪忽闪地触动着他的灵魂。他的心怦怦狂跳。

春生一边大声地呼喊着春妮的名字，一边不顾一切地扒拉开拥挤的人群拉住了春妮的手臂。春妮惊讶地回头一看，愣住了。"春妮，我们去我姐姐家吧！""不！住车站旅馆方便坐车。"春妮的心怦怦直跳，嘴上却执拗抵抗。

"这是姐姐春芳给我的命令！"春生见春妮固执的样子，随口编了句谎言。春芳是春妮的发小，他以这个为借口生拉硬扯地把春妮带到了姐姐家。到了春芳家，春妮才知道春芳和丈夫都不在家，去了省城出差，家里只有春生、他母亲杰老太太和春生的表姐。

杰老太太看到春妮，像看到了久别的女儿一样，泪眼婆娑地拥抱着春妮。老太太一会儿给她拿点儿酒枣，一会儿给她拿点儿醉葡萄，一会儿又给她端上来南瓜子、糖果和糕点，还不住地说："孩儿，你吃，在我心里你就是我的女儿啊！"她说着习惯性地掏出衣襟上别的那块洁白手帕擦擦湿润的眼睛。看着老人沧桑的面容和溢在眼角的泪水，春妮猜春生过得不幸福，顿时心里有几分酸楚和难言之痛。

"唉……孩儿，你是好娃娃啊，只是春生没那个福气，没那个命啊！"老太太痛苦地喃喃着说，"如果你结婚那天，我们不强堵着春生去找你，一切都不会是而今的样子啊！"老人又擦了一把眼角的泪珠，惆怅地说："我知道，我的春生孩儿心里不痛快，他常常想你、念你，唉……而今，还有甚法子……说甚也没用啊！"

看着老人那无奈的眼神，春妮心里万分痛苦和纠结。在这样善良的老人面前，春妮多想紧紧搂着她喊一声"老妈妈"，痛哭一场，释放自己久违的苦啊！可是不能，万万不能啊，她有自己的家庭责任。她仿佛听到了自己的女儿在呼喊"妈妈，妈妈呀"，那可怜兮兮的声音，令她揪心地痛。她伸出双手抚摸着老人干枯的手臂说："婶儿,我们是乡亲、好邻居啊!"她努力抑制着自己痛苦的情感和泪水,害怕心思被老人看破。

春生为了给春妮解围故意喊了一声:"妈,吃饭吧!"听到喊声,杰老太太才擦干眼泪,拉着春妮的手准备去吃饭。春生做好饭,摆放好饭桌,端上几碟古镇特有的小菜,还有杰老太太自己腌制的豆角菜、黄瓜菜,还有红腌菜等。红腌菜是春妮、春生他们童年时最爱吃的小菜,呈酱紫色,酸酸甜甜,爽口极了。春妮看着这几道菜想起了自己无忧无虑的童年时光,再想想现在的生活,她端起饭碗却一口也吃不下去,只喝了几口粉浆饭。

也许是春生对她点点滴滴的爱意和无言的体贴感动了她,也许是她和丈夫赌婚十年从来没有受过这样的待遇,也许是情绪过于激动,反正她端着饭碗闻着香,就是吃不下去。她本想给春生面子,春生满腔热情、认认真真为自己下一回厨,让她尝尝自己的厨艺,她一口不吃也太不给面子了,可就是吃不下。春生看着她难为情的样子,便微笑着说:"没关系,春妮,不想吃就不吃,把饭倒在我碗里吧。"

他捧着饭碗等待着春妮,春妮却不好意思地看看杰老太太,精明的杰老太太看出春妮的心思,理解儿子的心意,赶紧说:"孩儿,没事,春生想吃你就给他吃吧。"春生双手接过春妮手里吃剩的半碗饭,倒在自己碗里,呼噜呼噜几口吃了。看着春生吃得那么自然，又那么心甘情愿，春妮心中涌起一股暖流。

春生见春妮待在这里很不自在，便拉着她去看电影。他转身对母亲说："妈，我们走了啊。"聪明的杰老太太理解儿子的苦衷，笑着说："去吧，早点儿回来啊。"春妮看着表姐不好意思地说："要不，我们一块儿去看电影。"表姐看着春生笑笑说："他不让我去啊。"

杰老太太拉着侄女说："你可不能走，我有话跟你说呢。"杰老太太虽然年过古稀，但反应灵敏，她怕侄女让儿子和春妮难为情。春生趁母亲和表姐说话的当儿，拉着春妮就往外跑。"春生，表姐也想去啊！"春妮甩开春生的手臂嗔怪道。"不行！今儿是我们的二人世界。我们去看路遥的同名小说改编的电影《人生》。"他深情地凝视着春妮的脸，对春妮说，"我们只有两张票。"

春生之前就看过这部电影，他曾给春妮写信说："春妮，我就是电影里的高加林。我承认自己是个负心汉，我对不起你。你就是电影里的巧珍，这么多年不但没有埋怨过我，没有找过我的麻烦，还自己吞咽了苦果，处处为我着想。"

春生还在信中说："春妮，你一定要去看这部电影啊！"他还随信给春妮寄了一本《人生》。春生曾经对这部电影非常着迷，他觉得电影里的故事就是自己和春妮的故事。

可是，当时春妮正在山区下乡，把所有的时间和精力都投入全心全意为山区人民服务中去了，哪还有时间、有机会看电影呢？山区即使偶尔放电影，也是一些老旧的影片，多是战斗片。她没有机会看到这部电影，但是把春生寄给她的小说看完了。春妮流着眼泪，将这部小说反复读了几遍，越读越感觉故事里的女主人公像自己，小说中的故事就是自己的故事。

而今，县城影院正好上映这部电影。春生连续排了两天队终于买到两张票。他想带着春妮重温《人生》的故事，也重温自己和春妮的故乡情缘。

二十

小县城的影院座无虚席，但静悄悄的没有一点儿声音。影院内黑乎乎的，伸手不见五指。春生拉着春妮，像初恋时一样，双双弯着腰，屏住呼吸，凭着感觉好不容易才摸索到两人的座位。还没来得及坐下，银幕上便响起了故乡民歌《黄河曲》，"……天下黄河九十九道弯，九十九道弯里九十九条船，九十九条船上九十九条杆……"歌声震撼，令人心潮澎湃。"坐啊。"春生轻轻拉了一下站在椅子旁发愣的春妮，春妮这才从高亢的歌声中回过神来。

春生和春妮随着《黄河曲》的歌声，思绪不由自主地进入了故事中。春生看着影片中波涛汹涌的黄河水、弯弯曲曲的盘山小路，还有那白色羊群在黄昏下发出的"咩咩咩"的叫声，不禁回忆起与春妮的种种往事。

春生想起自己当年顶着沙尘暴，艰难地骑着自行车行驶在弯弯曲曲的山路上，绕过了几十几道弯，爬过了几十几座山，不知流了多少汗，才辛辛苦苦接回了初恋春妮。转眼间，春妮成了别人的婆姨。生活就是这么无常，这么不尽如人意。

按故乡习俗，只要摆了订婚宴席，春妮就注定是自己的婆姨，结果因为自己的年轻冲动、鲁莽行事、禁不住生活的诱惑和考验，亲自毁了自己与春妮的情缘。自己的一句话熄灭了春妮心中的那团火，也毁了自己的幸福。

春妮不但没有记恨自己，没有去单位找自己的麻烦，还劝说家人也不要找自己麻烦，还不让堂哥刁难自家。春妮还利用她的关系托人给自己的弟弟秋生找干活的路子。想到这些，再听到家人对春妮的评价，春生真的好后悔，后悔自己做事太冲动，后悔自己辜负了春妮。

这么多年，春生一直生活在对春妮的愧疚和思念中，时时刻刻牵挂着春妮，渴望和春妮见面。而今，他想找回过去的爱，却为时太晚。春生早已悔悟，自己当初的一个错误选择成了他一生的遗憾！他经过几次失败的恋爱和生活的种种挫折，终于发现春妮才是自己心目中想找的那个人，才是自己想一起踏踏实实过日子的那个人，她是一块埋没在石峁山下闪闪发光的金子。

春妮看着电影中的巧珍不顾一切地冲破家庭的束缚、社会的阻力、他人的议论，那么勇敢地爱加林哥，想想自己却不及巧珍那样敢爱敢恨，爱不敢说爱，恨又不敢说恨，总是缩手缩脚，羞羞答答不敢表白自己的内心世界，最终酿成和陌生男人赌婚的悲剧。她痛苦地谴责自己当初懦弱的性格。她想：如果自己当初像巧珍一样勇敢，大大方方去爱心中所爱的初恋春生，也许两人就不会是今天这个结局了，生活也就不会过成今天这个样子。

可是她没有，她当然也想过，但话到嘴边却思前顾后地不敢说，只是默默服从了传统道德理念，听之任之，顺其自然。也许……也许……她不敢再想下去了。随着电影情节的紧张发展，加林和巧珍在玉米地里热烈地拥抱和亲吻。看着这一情节，春生和春妮犹如回到了自己的初恋时光，春生紧紧地握住春妮的手，抚摸着她细嫩柔软的皮肤。春妮手臂上细腻的汗毛柔软美妙，令春生不知不觉灵魂出窍，于是他勇敢地将春妮抱住。两颗未灭的初恋之心瞬间相撞，怦怦跳动。他们紧紧拥抱在一起，感受着彼此心脏的跳动，忘却了自己此刻置身于电影院。春妮依偎着春生，感到春生为自己怦怦跳动的胸口温暖甜蜜。她眯着眼睛，希望这一刻永远延续下去，希望电影永不散场，希望能一直心贴心地感受春生的呼吸和心跳。电影里加林哥和巧珍的故事曲折上演，春生和春妮却旧情复燃，甚至情感比初恋时更加浓烈，仿佛电影院成了他们的二人世界。

电影结束了，春生和春妮的故事才刚刚上演。春妮默默低着头，开始重新思考规划自己的人生。她不想再跟那个既粗鲁又没有激情，更谈不上和自己有共同语言的男人生活在一起。十年了，她费尽心思，努力激发他对生活的情趣，可是，他就像一块石头，顽固不化，哪里能擦出爱的火花呢？三句话说不对就用拳头说话。为了孩子，她已忍耐了十年，要不是那次残酷的家暴，她就准备一忍再忍凑合生活了。

现在，她尽情地感受着初恋情人春生的体贴、温柔，他那浅浅的酒窝蕴藏着满满的柔情蜜意，瞅一眼，足以令自己神魂颠倒。

走出电影院，春生甜蜜地看着春妮说："春妮，我们见面不容易，拉话更难，能再多住两天吗？"他用恳切的眼光凝视着春妮，又极其腼腆地对春妮说："明天是二郎山一年一度的庙会，我们一块儿去逛逛庙会好吗？难得有这个机会，我还有话和你说，希望你能答应我。"

面对如此温柔体贴的初恋这一小小要求，加上商量和恳切的语气，春妮咋能拒绝呢？她留恋春生，喜欢和他在一起的日子。她和他在一起，感觉特别轻松自在，而且两人似乎永远有说不完的话题。哪怕什么也不干，只要和他在一起，她就幸福满满。

她用仅剩的一点儿理智想拒绝，但春生凝视着她，她便不由自主了，只好听从了春生的安排。这个晚上春妮和杰老太太住了一宿。杰老太太仍然是一把鼻涕一把泪地心疼儿子。老人毫不掩饰地长叹一口气说："唉……孩儿，而今还能说甚啊！你们俩还有甚法子能走到一起啊！"杰老太太听儿子说要和春妮一块去赶庙会，一大早就为他们准备了丰盛的素食早餐，都是春妮小时候最爱吃的故乡特色美食。细心的杰老太太还为他们准备了很多零钱。

春妮不懂是什么意思，春生没说话，给春妮使了个眼色示意她拿着，春妮懵懵懂懂不敢不拿。

二郎山犹如一条巨龙平卧在县城滨河路窟野河岸边。赶庙会的人们穿着节日的盛装，梳洗得干干净净。小商贩们在山下摆满了大大小小的洗脸盆、毛巾和香皂，热情招呼人们洗手洗脸。春生和春妮也花钱洗干净自己的脸和手，然后随着人流缓缓上山。

走在崎岖的羊肠小道上，看着山下滔滔的窟野河、滚滚而下的秃尾河，以及环绕二郎山的悬崖峭壁，春妮感到心惊胆战。春生小心翼翼护着春妮。春妮汗流浃背，上气不接下气，在春生的默默保护下，她抓着铁链，一步一个脚印地攀登着。

"来者是个有福人，求子祈福求平安。"

"郎才女貌情恩爱，求个金娃娃抱回家。"

"看你是个有福人，儿孙满堂，福禄寿长。"

听着乞丐打着快板，口若悬河地念喜经，人们都自愿掏腰包。春妮被说得晕晕乎乎，掏出杰老太太准备的零钱，小心翼翼地放到乞丐的手心。他们沿着二郎山陡峭的山峰，一步一步地登那三百六十级石台阶。第三百二十级台阶处，是山的半月门，门两边刻着林则徐的诗"海到无边天作岸，山登绝顶我为峰"。

在半月门楼阁台阶上，春生拿出订婚时春妮送他的订婚纪念手帕平铺在地上。手帕上"花好月圆"几个字跃入春妮眼帘，她惊讶地看着春生，差点儿失声大叫。春生扶着她的胳膊坐下。此时，他们完全忘记了周围还有别人，忘记了自己在哪儿。春生紧紧拥抱着春妮，春妮依偎在春生宽大的膀臂里，那温馨的酒窝贴着春妮的额头有话欲说。"爬山吧。"春妮羞涩地推开春生说。两人缓缓起身，站在半山腰，抒发登山的情怀，望着二郎山顶峰，仿佛置身于仙境。春生心事重重，不知该如何向春妮表达心意。他觉得自己不能再犹豫了。他默默想：错过今天这个机会，不知何年何月才能再见到春妮啊！他心急如焚地看着春妮，几次想吐露自己的真心，可是春妮偏不接茬儿，总是转移话题。春妮这时正甜甜地回味着春生刚才给她铺上手帕那微小的举动，看他把自己送他的定情手帕保存得那么好，春妮便知道春生心里还惦记着自己。

抬头看到"二郎山"几个大字金光灿灿、醒目地镌刻在山崖上，春妮拉着春生的手说："我们一定要登上顶峰啊，不到山顶非好汉。"他们默默敬了二郎神，点了香，烧了黄表纸，双双跪着磕头，双手合十默默祈祷家人平安幸福。两人像是朋友、同学、情人，更像是夫妻。

他们毫无顾忌地手牵手在拥挤的人群中，继续向二郎山的顶峰攀登。爬过"玉皇阁""浩然亭"，前面是"观音堂"。再继续攀登，眼前是"碧行宫"和"娘娘庙"。

春生和春妮牵着手走进"娘娘庙"的大殿，道士严肃地问："抽签吗？"春妮说："谢谢大师，我们敬神、上香、叩头。"他们上了香，双双跪下叩了头。道士看他们郎才女貌，彬彬有礼也不多问，主动将一条红线绳系到他们的脖子上，还叮咛他们说："叫着宝贝跟上爸妈回家。"春妮和春生会意地点点头，走出"娘娘庙"的大殿。

春生借着道士吉言，大胆牵着春妮的手说："我俩重新组建家庭吧！"春生终于吐露了自己的真心。他亲吻着春妮的手臂，等待春妮的回答。见春妮沉默无语，他又迫切地说:"妮儿,我们不晚,只要我俩情投意合,心往一处想,劲儿往一处使,我们失去的幸福会重新捡回。"沉默,沉默,春妮还是沉默不语。

"我们还年轻,还会有自己的孩子啊!"春生眼里的小火苗在燃烧,亮闪闪的,仿佛幸福就在眼前。"春妮,别骗我了,你赌婚的丈夫是不会给你幸福的。"春生一语道破,春妮颤抖地看着他,尽管春妮深藏不露,她的悲伤还是没有逃脱春生那双洞察的眼睛。

春妮享受着春生二次求婚的温馨,那甜润的嗓音说出的每一个字都像诗一样优美动听。春生说话的声音穿过风,飘过二郎山,越过滔滔不绝的窟野河,仿佛让自己回到了清纯的少女时代。

顷刻间,二郎山黑云压顶,雷声滚滚,大雨倾盆,两人钻进了岩石下避雨。春妮依偎在春生温暖的怀抱中,几次想抓着春生放声痛哭,诉说自己的苦衷和这么多年对他埋在心底的爱意。良心和责任让她一次次地犹豫了。她默默地问二郎山"怎么办,孩子怎么办",轰隆一道闪电从暴雨中划过,二郎山正气凛然,庄严挺拔;又问窟野河,窟野河在雨中哗啦啦流淌。女儿拉着她的手呼喊"妈妈,妈妈",一双童真而聪慧的眸子深情地望着自己,宝贝女儿的呼声掩盖了丈夫杨帆凶神恶煞的样子,她再次陷入了迷茫。闪电中春妮看见春生凝视自己的眼眸和酒窝里温馨的笑意。十年来，在丈夫面前，她已经忘了温馨的感觉，失去了生活的激情，这一刻她感到一种从未有过的幸福和依恋，他是自己生命中最喜欢的那个男人。

雨过天晴，雷声随着乌云散去，这一切似乎又不属于自己。她默默流着眼泪，紧紧抓着春生结实的臂膀，怕他消失。

二十一

春妮不愿意回到那个冰冷的家，更不愿意看到那个让她失去了人格尊严的丈夫杨帆的丑恶嘴脸。她变愤怒为力量，重新鼓足了勇气，脑海里孕育着一个新的人生奋斗计划。

一路上她回忆着老同学卢西说的"条条大路通罗马""南下创业"等话。这次回故乡见到了初恋春生，虽然没有答应春生的请求，但让她在绝望中看到了新的希望。

现在她为自己设计了新的蓝图：南下，闯出一片新天地来。

她回医院上班后，找了后勤科长，以家里来人没地方住为借口，想找个宿舍过渡几天。热心的后勤科长为她找了一间偏僻的、没人住的老房子说："你要不嫌弃，这里没人住。""不嫌弃，不嫌弃！"春妮喜出望外地接过钥匙，看着后勤科长，眼里溢满了感激的泪水。她顺便捡起地上的扫帚打扫了一下屋子，扫除了屋顶的蜘蛛网，擦了擦脏兮兮的玻璃窗户，又去医院库房借了一套值班室的被褥、一个电炉子和一个电热杯，这样一个简易的家就布置好了。

她每天忙忙碌碌地把精力都投入工作和学习中。下班没事时，她便在图书馆查查资料、看看书，借此机会充实自己的业务知识，增强自己的学术研究能力。有时，她也将在医院的所见所闻写出来，在本地晨报上进行投稿，来为孤独的生活增添一些色彩。

她的投稿被报社选为头版头条，并聘请她为特约记者。她投稿的不少作品赢得大家的一致好评，尤其是一篇名为《弃儿》的文章，在地区文联刊物发表，受到主编的认可，她因此还获得稿费，并收到期刊社寄来的百十本刊物。但是，作为孩子的妈妈，她也常常想起自己的女儿，想回去抱抱宝贝女儿，但一想到丈夫杨帆那凶神恶煞的样子，瞬间就打消了念头。

春妮有时候在手术台上忙碌一天也不觉得累，闲暇时间她也在盘算怎么逃离虎口，逃出那个令她伤心的破碎家庭。她利用休息时间偷偷摸摸去了两趟法院，悄悄地找工作人员咨询离婚的事情。

法院门口等待离婚的女人排着长长的队伍。工作人员苦口婆心地耐心劝解："夫妻间，床头打架床尾和嘛，磨合磨合。"马路上人们用嘲笑、歧视的眼光看着排队离婚的妇女。不管青红皂白，他们的唾沫星子像雨点一样飞来。春妮方才明白赌婚容易，离婚难哪！

"春妮，我们私奔吧。"此刻，春妮耳边仿佛又响起了春生甜蜜蜜的声音。她默默走出法院。

下海的热潮频频吸引着春妮，让有梦想的她热血沸腾。春妮相信，凭借自己的能力，一定能实现自己的梦想。她打定主意准备出走，离开丈夫杨帆的暴力阴影。

她想：如果自己真的就这样默默离开，最放心不下的就是自己的宝贝女儿和自己的母亲。她抓着头皮揪心地想母亲和孩子怎么办，无奈，她只好含着眼泪，含蓄地给母亲透露了一点儿信息。

春妮拐弯抹角地告诉母亲："妈，有一天您找不到女儿，一定要相信女儿不会做傻事。"母亲是个明白事理的女人，她已经预感到了什么，而且想到春妮突然请假两周回老家，杨帆和孩子也好长时间没来家里吃饭，明白了女儿的想法，母亲说什么也不让女儿走。

母亲语重心长地劝说春妮："孩子还小，你走了孩子咋办呀？给杨帆那个闷葫芦放下，你放心吗？"母亲还说："两口子谁家不闹个别扭啊？床头打架床尾和，好歹他还是个过日子的正经人，一日夫妻百日恩啊！"春妮听得耳朵都长了茧了。就是因为每次母亲的极力劝和，才使丈夫杨帆的行为越来越肆无忌惮。

春妮含着眼泪一五一十地给母亲诉说了杨帆家暴的全过程："妈妈呀，那时候，女儿想一死了之，现在你还不让女儿一走了之逃命啊！"她痛哭流涕地继续说："我已经住在医院单身宿舍好久了，每天过着提心吊胆的日子，妈妈你知道吗？"她"呜呜……呜"伤心地哭着，妈妈摸着女儿身上的伤疤，看着女儿痛苦的样子，终于不再劝说。春妮又独自回到宿舍孤零零地住了一晚上，为了不惊动四邻，打算第二天凌晨秘密出走。

二十二

春妮南下来到陌生的都市，暂且租住在经济实惠的招待所地下室。她一时不知道该干什么，只能每天在大街上游荡。她迷茫地站在十字路口，不知何去何从。

春妮孤零零地走在人群中，寻找门路和商机。夜幕降临了，她独自望着一幢幢高楼大厦，看着耀眼闪烁的霓虹灯，心里万分凄凉。

这天，春妮接到老同学卢西托人捎来的口信，来人说卢西在外地出差，并说故乡人将在上海举办一场聚会，春妮也可以去参加。春妮听到这一消息后顿时两眼放光。通过这次聚会，春妮在大上海认识了几个故乡人，交了几个故乡朋友。乡音难改，人不亲土还亲，看见老乡，她激动得两眼泪汪汪，拉着他们的手，毫无保留地诉说着自己背井离乡的处境。春妮的真诚诉说感动了从事市政工作的乔大哥，他将春妮推荐给都市医院的负责人。都市医院的负责人知道春妮是妇产科医生后，对春妮说："我劝你别急，先在我们医院干着，妇产科医生很容易找工作的。"

乔大哥也鼓励她说："我看行，你还年轻，有这么好的技术怕什么，机会有的是。"乔大哥是个热心人，春妮对他千恩万谢，两眼满含热泪。

春妮非常珍惜这份来之不易的工作，她早出晚归，热情接待患者，拼命工作。她总是主动去干别人不愿干的事，可是不管怎么做，怎么努力，还是被同事说三道四："编外的嘛，就那样呗。"在乔大哥的鼓励下，她下定决心忍辱负重，起早贪黑，坚持干了一年。有一次，春妮以前的一个领导来上海看病，发现春妮在这里，不明原因地劝说春妮："若是嫌弃咱家乡地区医院小，可以去省医院啊。"春妮拒绝了领导的好意，嘱咐他说："千万别给别人说我在这儿啊。"领导看春妮决心已定，答应替她保密。

春妮心里只有一个念头：为了逃命，吃这点儿苦算什么，只有忍气吞声才能生活下去。她常常把眼前的苦难遭遇，当作对自己的磨炼，时刻提醒自己"坚持才能成功"。

春妮不顾别人的闲言碎语，努力工作着。别人不干的活她干，别人不值的班她值，别人不想做的手术她主动去做。她还积极协助妇产科主任，团结全科同事，把科室工作搞得轰轰烈烈。因此，春妮练就了肯吃苦的精神，她不怕工作忙，不怕挣钱少，只怕自己无事可做，怕孤独，怕寂寞。只要有患者，她都会认认真真、兢兢业业地为他们解答疑问，尽量为他们减轻疾病的痛苦。她不但通过自己的所学所能为患者治病，还用自己那微薄的工资帮助外地来沪人员看病，给生活贫困的患者送汤买饭，常常无偿为患者服务，从不计较个人得失。有时候遇到危重病人，她一天连续在手术台前工作十几个小时都不喊累，这已是她多年的工作习惯了。

春节时，科室医生请假的请假，回家的回家，只有春妮陪着主任值班。她配合主任做了两台手术，早已精疲力竭，但患者还在不停呼叫他们。"春妮，我们连台手术吧。"主任看看患者，无奈地和她商量。她默契配合主任连台手术。

谁知手术刚结束，麻醉师又接来一个住在外科，术中腹腔大出血的患者，需要马上转妇产科手术。主任年龄大了，身子骨再硬也吃不消了，她看着春妮喊了一声就晕倒了。春妮抹了把头上的汗珠扶起主任说:"主任,放心,有我呢。"此时,她早已忘了自己是个编外医生。手术台上的外科医生是妇产科新聘的主治医师王妮的丈夫。他听妻子说过:"妇产科来了一个特能干的竞争对手。"他冷冷地对春妮说:"你是妇产科医生,你主刀吧。"春妮无奈地看看他,接过了手术刀,顺利做了宫外孕手术,抢救了一个生命垂危的年轻患者。在忙碌中,春妮忘记了自己是谁,只记得自己是医生。

这一天,春妮虽然被人针对了,但过得非常充实。她感谢主任给了她手术的机会,感谢那个外科医生让她做主刀医生,也感谢患者对她的信任。下手术台后,她拖着疲惫的身躯,返回病房,细心察看了每个术后患者的伤口情况,直到晚上十点多才结束了一天的工作。

春妮拖着沉重的身子慢悠悠地走出病房,走出医院大门,孤零零地站在公共汽车站,缩着脖子,眼巴巴地盼望着霓虹灯下出现最后一趟公共汽车。

二十三

春妮和春生在二郎山拉钩立下了南下闯荡、实现自己心中的梦想的誓言,立志为石崬儿女争口气,并约定好闯荡不成功不见面。他们各奔前程,争取为故乡的发展添砖加瓦。

这天，邮递员给春妮送来了一封信，信封揉得皱皱巴巴，信封上"春生"两个字模模糊糊。春妮一看是春生的来信，便随手揣在兜里。由于工作太忙，春生的信常常被她撂在一边。

"信是从洪水灾区寄来的。"邮递员一句话触动了她平静的心，她马上拆开了信封。春生在信中说："我辞职那天，铁路局派出志愿者参加洪水救援工作，我也报名了。我们每天忙忙碌碌，分秒必争。"春妮看着信中的一行行字，恨不得立马插翅飞到春生身边，与他携手救援，但又一想，救援队是有组织、有纪律的，自己不能去添乱啊！

春妮离家出走前，并没有告诉母亲自己要到哪里去。母亲听了女儿的哭诉后，翻来覆去几晚都没睡着觉。她暗暗自责道：都是自己的错，随便找了个男人就把女儿嫁出去。

她耐心等到农忙过后，才准备去找女婿问个究竟。那天，她一路走到女儿家，已是中午，正赶上杨帆下班时间，大门从里边锁着。母亲"咚咚咚"敲了几下大门，没人应声也没人出来开门，她从门缝里看见房门开着，仔细一听却没有任何动静。情急之下，六十多岁的母亲走进隔壁林东家的院子，翻墙跳进了春妮家大院。

进了院子见女婿杨帆正在厨房做午饭,母亲进门毫不客气地问他:"我女儿呢?"杨帆没有回答。母亲又问了几遍,杨帆依旧沉默不语。母亲走进厨房拉着杨帆的胳膊质问:"你还有心思做饭啊,我女儿上哪儿去了?"

杨帆拿着铲子愣在原地,眼睛瞪着丈母娘默不作声,有点儿不服气的样子。母亲甩开杨帆的胳膊,一屁股坐在沙发上,气不打一处来,大声呵斥:"杨帆,你不要给我装糊涂,牛皮灯笼,里明外黑。"杨帆低头执拗地一言不发,那固执不服气的样子让母亲更加生气。

母亲脱掉了自己的外套,愤愤地说:"你一个七尺男儿,顶天立地,今天一定要把话给我讲清楚,我女儿她到底去哪儿了,她要是做了甚对不起你和你家人的事,你给我说出来,不用你打,我拉着她去填黄河!"

母亲继续气呼呼地说:"你赶快给我交代清楚!我告诉你,说不清楚,今天你不要想去上班!"杨帆见丈母娘真生气了,这才说:"她没做坏事。"说完他又沉默不语,拿着铲子准备炒菜去。母亲毫不客气地又追着他问:"我倒要问你,你说她没做坏事,你为甚每次都要动手打她?你是打土匪,还是打强盗,你咋能那么狠心打她啊?"母亲寸步不让地逼问女婿杨帆。杨帆恶狠狠地顶撞丈母娘说:"她是我老婆,我想打就打,你想咋?"

闷葫芦杨帆直愣愣地顶撞了丈母娘后,拿着铲子去厨房炒菜了。丈母娘翻肠倒肚想了一会儿，猛地站起来跟进厨房问："你刚才说的甚话，再说一遍我听听！"女婿杨帆不客气地重复道："哼，她是我老婆，打了，你想咋啊？"他停下了炒菜，直冲冲对丈母娘说："莫非，你还想再卖女儿一遍？"

本来满肚子火的丈母娘，听到杨帆最后的那句话，只觉得心头怒火冲天，五脏六腑都要被气炸了，二话没说，毫不留情地出手"啪啪啪"左右开弓狠狠扇了杨帆几巴掌。

二十四

半个月后，春妮又收到春生的一封信。

信纸上沾着血迹，信的内容为："春妮，我受伤了。那天我在洪水中救一个儿童，左腿被树枝划伤，好在只是皮外伤，无大碍。现在救援人员短缺，我将忍痛继续参加救援。春妮，有你陪伴，我会挺过去，只想对你说句心里话，我曾经对不起你，让你受了那么多委屈。在梦里，在心里，你向我走来，我向你走去，兜兜转转，我还是不能没有你啊！我们同是石崌儿女，要为老祖宗争气啊！等我完成救援任务，我们携手率领石崌乡亲一起建设家乡。"

春妮看完信，一边把信纸贴在胸口，一边自言自语：

"闯荡尚未成功,我们仍需努力啊!"

再说杨帆,丈母娘的几巴掌似乎扇醒了杨帆。

女儿一天天长大,整天问:"爸爸,妈妈怎么还不回来呀?"眼看孩子的成长和学习都受到了影响,而且自己一个人又要上班,又要管孩子学习,下班后还要赶着去接孩子,管孩子的吃喝拉撒,太难了。

他想,如果自己继续这样固执下去,自己这小家庭真要散了。他觉得春妮不在家的日子,家失去了往日的温馨。春妮热爱生活,温柔贤惠,总是能给家里带来温暖。他觉得继续这样下去,不但这个小家庭要散,自己也要崩溃了,而且孩子长大也会怪怨自己不负责任。他反思道,也不能每次都使用武力吧,那样,丈母娘也不会饶了自己。最近医院传得沸沸扬扬,说春妮在大上海混得不成体统了,有人还当面调侃自己。

一周后,邮递员骑着绿色永久牌自行车,再次出现在春妮面前。邮递员举着信件,慌慌张张地说:"加急信件!"

看到信封上是陌生人的笔迹,春妮对邮递员说:"送错了吧?不是我的信件呀!""您再看看,写的是高春妮收。"邮递员肯定地说。春妮心里掠过一丝不祥的预感。她微微颤抖着双手撕开信封,看见"杰春生为抗洪救灾英勇牺牲"一行字,她颤抖得说不出话,一下子瘫软在椅子上，脸色苍白，大汗淋漓。

几天前，春生还亲笔写信告诉她："抗洪救灾结束后，我们牵手率领石峁乡亲一起建设家乡。"活生生一个人，怎么说没就没了呢？生命竟然如此脆弱！她不能接受这个事实，感觉天塌地陷，失去了精神支柱的她万念俱灰，强忍着找了一个没人的地方，撕心裂肺地哭着。心里一遍遍地呼唤着："春生，春生，我们还要一起做好多事情，你怎么忍心丢下我呀！"

原来春生的左腿受伤了，领导让他休息几天，但他忍痛坚持参加救援。春生将最后一个孩子推上橡皮艇的瞬间，浑浊的洪水突然掀起巨浪。他最后望了一眼远处新垒的沙袋堤坝，任由浑浊的水流将他冲向深处……

春妮捧着别人按春妮给春生的信的地址寄来的遗物、照片，以及春妮寄给他的信件失声痛哭，她没有心情去上班，失去春生的痛苦，犹如万箭穿心一般。春妮像丢了魂一样，对一切都心灰意冷。春生的灵柩回到了石峁山，那里有他和春妮共同的记忆和梦想。

春妮把春生写给自己的所有信件和送给自己的所有物品，重新收集整理好，装在牛皮纸大信封中，封存在盒子里。她把春生的一举一动，一言一行，蕴藏在酒窝里的温馨，都刻在脑海里，写在日记里。她把两人的订婚照保存在随身携带的钱夹里，想他的时候便拿出来看看。她流着眼泪，用颤抖的指尖摸摸他那双凝视着自己的炯炯有神的眼睛和曾经让她神魂颠倒的酒窝，却再也感受不到温暖，瞬间情绪崩溃，号啕大哭。

清明节，春妮默默返回故乡，重走她和春生一起走过的路，爬过的黄土坡，蹚过的小溪，回想两人说过的话，将一幕幕往事写成了日记。此刻的石峁山，春风吹拂，绿草丛生，处处焕发着蓬勃的生机。熟悉的信天游口哨声响彻云霄，迷迷糊糊间春生的身影再现。不，口哨声传来的地方，走来一个头扎白羊肚手巾，身穿羊羔皮坎肩的放羊小伙子。

"喂，老乡，山上那两座小土堆是甚啊？"春妮明知故问。"女皇墓，英烈墓。"小伙子凝望着墓碑骄傲地告诉春妮。春妮独自爬上孤独的石峁山顶，她仿佛又看到已故春生的身影。她脑袋里混沌不清，随手采了几朵野花庄重地放在女皇墓前，又采了几朵羞答答的小黄花，细心地摆放在春生墓碑前，心里像打翻了五味瓶，红着眼圈，泣不成声。

放羊的小伙子铲起一块土疙瘩打向四散的羊群，喊："皇帅，回来啊！"羊儿们乖乖地跟着领头羊往回走。春妮看着土疙瘩在空中划出一道长长的弧线，仿佛又看到了春生的身影。一只金丝雀盘旋在春生的墓碑上空，仿佛在悲戚地吟唱信天游。小伙子好奇地凝视着春妮。

春妮站在石峁山山头，望着远处的老虎山煤矿烟雾缭绕，想起了春生在二郎山上对自己说的话："春妮，我们辞职南下闯荡，赚了钱，回故乡一起承包煤矿吧。"

春生想带领全村老百姓共同承包开发煤田，把家家户户的小煤窑联合起来开发，不干出一番事业，誓不罢休。

然而洪水突然暴发，春生只好暂时放下带领乡亲致富的梦想，以及和春妮破镜重圆的幻想。他想了想，以自己铁路工人的身份做开发煤矿的牵头人，似乎还欠缺点什么，他要积极参加抗洪救援，做出点儿贡献，在乡亲中树立威信。

谁知，春妮刚回到上海，老虎山煤矿一夜间被山洪淹没。地区扶贫办下乡干部冯雨看到眼前的情况，贷款五十万元，准备重新投资开发老虎山煤矿。

经过他一年多的努力，整顿装修，填置设备，煤矿又开始轰轰烈烈地启动生产了。冯雨带领乡亲们下井挖煤，大家积极性高，轮班作业，开采了大量煤炭，一时堆积如山。冯雨不辞劳苦，到处寻找销路。连日的暴雨引发的山洪像猛兽一般冲垮了刚建好的矿井。冯雨带领大伙儿用装满沙子的麻袋堵住井口。眼看着他贷款的五十万元一夜之间打了水漂，冯雨马不停蹄到处求爷爷告奶奶，联系用煤单位购煤，幻想有大企业投资合作。他连续跑了几天没有一点儿眉目，他想到从故乡走出去的春妮，但又不知她在何处。

在古镇集市上,冯雨偶遇春妮的侄女芬芳,便迫不及待地问芬芳:"芬芳,你姑姑她在……"他的话还没问完,快嘴的芬芳就骄傲地说:"在上海呀,这不给我找了份工作,让我去呢。""你什么时候走呀?""明天,明天去市里坐火车去上海。""这么麻烦,干脆我带你坐飞机去吧,两小时就能见到你姑姑了。""飞机?"芬芳笑笑说,"那得多少钱啊?""这个不用你管,我帮你买票,我们一块儿去。""你去干什么?""我去联系上海宝钢进行煤炭销售啊。"冯雨不失时机地说。他看芬芳似懂非懂,又说:"咱老虎山煤炭,煤质好,宝钢急需啊!"芬芳摇摇头笑笑,以为冯雨在吹牛。冯雨为了寻找春妮,带着芬芳,登上飞机。他们在飞机上俯瞰着大好河山,飞往上海。

这时,改革开放的大潮席卷全国,煤炭供不应求,拉煤车日夜不停。一天,鄂尔多斯煤炭公司的董事长尚满心急如焚地拨通医院的电话,点名请骨科医生杨帆带人救援。尚董事长在电话里说:"杨医生,我公司发生了交通事故,已经派人去现场处理了,你给咱去看看撞伤的司机,只要有一点希望,就不放弃,不惜一切代价抢救。"杨帆连连答应着。尚董事长又大气地说:"是否转院,你来决定好了。钱不是问题,我公司负责,生命至上啊!"

杨帆曾经抢救过尚满煤矿瓦斯爆炸的重症患者，挽救了公司的名声，使公司声名鹊起。尚董事长相信杨帆是个优秀的骨科医生。

尚董事长点名邀请，加上院领导的支持，杨帆带了科室实习生和护士，开着救护车，连夜赶赴事故现场。经过现场急救，大车师傅生命体征基本平稳，但另一名患者全身多处粉碎性骨折，需转院治疗。尚董事长嘱咐杨帆直接陪患者转至上海骨科医院诊治，自己会派专机送他们。

两年了，杨帆也早想去上海看看春妮变成了什么样子。

二十五

冯雨和芬芳到上海后，冯雨没敢直接去见春妮。按照芬芳告诉他的医院地址，下飞机后他打车把芬芳送到春妮上班的医院，他住在医院附近的招待所，方便找机会和春妮联系。春妮帮芬芳在医院找了一份护理的工作。芬芳暂时和春妮在地下室挤着，两天后，住进了医院护工值班室。有一天，芬芳神秘兮兮地找到春妮说："姑姑，老乡冯雨来上海找你。""冯雨，我不认识。"春妮摇摇头说。芬芳鬼机灵地笑笑说："也是咱高家堡人。""不见。"春妮拒绝了。芬芳虽然文化程度不高，但伶牙俐齿，一口气替冯雨说了一大堆好话，以弥补自己没掏飞机票的愧疚。"他是下乡扶贫干部，人特别好，有点儿像……"芬芳停顿了一下。"像什么？"听芬芳结结巴巴说半句留半句，春妮抬头问。芬芳差点儿说漏嘴，神秘地吐了一下舌头又叽里咕噜说了一阵。"天哪，你说了半天，我没听懂呀。"正在专心书写手术记录的春妮，听到侄女芬芳一直在说什么精煤、火、低灰、低硫、高热量、中转运输……听得是一头雾水。"哎呀，我也说不清，让冯雨告诉你吧！"芬芳说着拉开门，说："进来吧。"

"春妮。"春妮听到一个熟悉的声音，猛地抬头一看，这不是曾见过的放羊小伙吗？只是脱了羊皮坎肩，穿得西装革履，眼前仿佛活脱脱一个春生。春妮紧张得心儿咚咚直跳，眼前这同样的声音，同样挺拔的身材，同样看自己的眼神，同样滚烫的目光，让她一时慌了神。"哈哈，久闻大名啊！"冯雨爽快地主动与春妮握手，并自我介绍道："冯雨，我们见过。"他又笑着说："放羊娃，挖煤工人。"春妮咚咚跳动的心这才平静下来，微笑着给冯雨让座。

冯雨一落座便激动地说："我们是老乡，我一心想改变故乡人的贫穷命运啊！我带领全体村民承包了即将倒闭的老虎山煤矿，那里煤质不错，是国内一流的精煤，宝钢和上钢都检验了煤质，说我们的煤低灰、低硫、高热量，符合炼钢标准，就是无法解决运输的问题。"他看春妮不吱声，又说："现在煤炭销售困难，运不出去，堆积如山，容易着火，这可是老百姓的血汗啊！"

春妮冷冷地说："煤炭着火我有什么办法啊？""你帮忙想想办法吧。"冯雨微笑着说。看着冯雨递过来的一份煤矿评估报告上面密密麻麻的评估数字，春妮根本看不懂，随手将报告卷起来放在挎包里。

时间过得飞快，转眼春妮被调到了门诊，在妇科、产科轮流坐班，常常忙得顾不上吃饭睡觉，手术前随便垫两口干馒头或者饼干便是一顿饭，困了就在值班室眯一会儿。她把失去春生的痛苦化作工作的动力，以春生为榜样，投入治病救人的工作中，只有疯狂地工作才能让她暂时忘掉春生。

又到了年关，大家都忙碌地置办年货准备回家过年，春妮却不知道自己的家在何方。她想起了孩子，想起了远方的母亲，想起了已故的春生。她想起春生和自己在二郎山的约定，想到冯雨带领村民开发煤矿致富正是春生没能实现的梦想。她立志要完成春生生前的梦想，为故乡人民做点儿力所能及的事情。

春妮回到简陋的宿舍，傻傻地坐在床边，看着地上跑来跑去的老鼠心事重重。春妮平时几乎没有时间回宿舍住，在医院不分昼夜地忙碌。她看着地上的老鼠身边围着一群小老鼠,还有一个温暖的窝,想想自己却无家可回,不禁流下了心酸的泪水。

突然,一只大老鼠站在铺盖上瞪着明亮的眼睛凝视着春妮,春妮吓得惊叫了一声,害怕地哭了,抹着眼泪无奈地拿着拖把赶走老鼠。打开自己的被褥,瞬间傻眼了,被子和褥子都被老鼠啃了好几个大窟窿。春妮痛恨眼前的老鼠,痛恨远方的丈夫杨帆,是他把自己害到如此地步,春妮又委屈地哭了一阵。

"咚咚咚……"春妮听到有人敲门,开门一看,门口戴着墨镜的冯雨微笑着跟自己打招呼。"怎么又是你呀!"春妮烦躁地说。"是呀,不瞒你说,这两天我一直盯着你,见你回到这儿,我就跟过来了。""跟踪我啊?""是的,我实在找不到别人,觉得你人很好,是老乡,有缘啊,嘿嘿。"他像春生一样坏笑。冯雨看着满地大大小小的老鼠说:"和老鼠怄气不值,还不如去见见煤炭公司驻上海站办事人员,说不定他还能给你找个住的地方。它们又不懂你为何流眼泪,哈哈。"冯雨默默帮助春妮把被褥清洗消毒了一遍,又把老鼠洞用泥巴和石头堵严实,并在鼠洞里倒了半瓶消毒液。"这消毒杀菌没问题,放心吧。"冯雨安慰道。

春妮被冯雨的温柔体贴和幽默风趣感动了,她仿佛觉得眼前就是一个活脱脱的春生,还有着和春生一样的梦想。于是，春妮起身说："不管它了，我们去煤炭公司驻上海办事处看看吧。"

二十六

煤炭公司驻上海办事处办事人员永宁对杨帆说："高春妮医生来过了。"永宁只知道他们是一个医院的同事，不知道他们是夫妻，更不知道他们在闹矛盾。永宁还说："高春妮医生不但医术不错，还有担当、有爱心。""你们认识啊？"杨帆惊奇地问。"她是我婆姨的救命恩人啊。"杨帆想：春妮敢做敢当，认定的事情从不放弃，估计和她的情人春生早就在一起了。

杨帆马不停蹄飞回去辞了职，带着女儿到上海寻找春妮。通过煤炭公司驻上海办事处办事人员永宁的关系，他暂时应聘在上海煤炭职工医院工作。凭他过硬的医术，医院特地给他安排了一间办公室，让父女俩凑合居住。这个医院比较小，只能输液、打针、开药，有时候也能开展一些外伤清创和阑尾、胆囊微创手术，偶尔配合妇产科医生做剖宫产手术。杨帆觉得自己在这有点儿大材小用，而且医院患者少、效益差、工资低，指望这点儿工资供孩子上学，确实有点儿困难。

医院院长兼妇产科主任苗竹子给了杨帆很多的关怀和

照顾。苗竹子是上海本地人,她端庄大方、开朗热情,熟人多、路子宽,主动帮杨帆的女儿找学校、找老师,周末还会带杨帆和孩子去爬山、逛公园、野炊、漂流,让他们父女放松消遣。

杨帆闷葫芦的性格依旧没有改变。他在别人面前乖顺、沉默不语、任劳任怨,深藏了他的暴躁和极端。在苗竹子眼里,杨帆为患者消灾免难,医术精湛,与世无争,她喜欢杨帆这个闷葫芦。

上海召开煤炭论坛会议,鄂尔多斯煤炭公司董事长尚满受邀来上海参会。他看到杨帆的处境如此糟糕,了解了杨帆辞职来上海的真正目的是要追回老婆春妮。杨帆在尚大哥面前说了真话:"都怪我自己鲁莽,不会语言沟通,总想用武力征服,逼走了春妮。"他无望地看着尚大哥又说:"孩子需要妈妈,我也不能没有春妮啊!"他还说:"这么多年我委屈了春妮,春妮有理想,是我没有达到她的要求。"杨帆的坦诚赢得了尚大哥的同情。尚董事长想起杨帆因医术高超,被人称为"杨一刀",看他一次次挽救了自己煤矿的工人、煤车司机的生命,挽救了公司的名声,便对杨帆说:"杨帆,我能帮你赚点儿钱。至于你老婆春妮,见到她我也会帮你劝说的。"尚董事长看着对做生意一窍不通的杨帆,笑呵呵地捋捋八字胡说:"我帮你赚点钱,在上海买套房。"杨帆懵懵懂懂地点点头。

杨帆走后，尚董事长看到永宁办公桌上放着的老虎山煤矿评估报告单和煤质化验报告单，一看符合低灰、低硫、高热量的精煤指标，符合上海宝钢用煤标准。他如获至宝，告诉永宁："马上通知老虎山煤矿送报告单的人员，明天来鄂尔多斯煤炭公司我的办公室面谈。"春妮接到永宁的通知说尚董事长要在鄂尔多斯煤炭公司面见老虎山煤矿矿长，简直高兴到了极点。她立即转告了正在四处奔波寻找煤炭销路的冯雨，并请假连夜坐飞机赶到鄂尔多斯。

春妮和冯雨第二天一大早见到了煤炭公司的尚满董事长。尚董事长开门见山地对春妮说："春妮，你和杨帆的事情我听杨帆说了，是他不对。杨帆是个好人，耿直、医术高，就是话少。听他说，你跟他经历了风风雨雨，吃了不少苦。他动手逼你出走，不是你的错。我看他现在已经深刻地认识到了自己的错误。"他看春妮听得认真，捏了一下鼻尖又说："人生不容易啊，走过的路，吃过的苦，都是对你的磨炼，是你的一笔宝贵财富啊！"说着他站起来又温和地对春妮说："你们现在是困难时期，杨帆追到上海去找你，说明他没有放弃你，心里还有你啊！这样吧，春妮，我们合作进行煤炭销售，你们也能赚到钱。"春妮想着机会来了，便趁机说："您看，老虎山煤矿的煤怎么样？""是的，我叫你们来就是要说这件事，我看了你们那个可行性报告，煤炭质量不错，但是我们公司要对客户负责，尤其对上海宝钢的供煤问题，一点儿也不能马虎，要坚持信誉第一。"尚董事长捋着八字胡须，笑眯眯地捏了下鼻尖又说："我们会亲自派人去煤矿考察、取样、化验，重新评估，然后考虑是否合作。"春妮没想到合作这么复杂，她瞅了一眼冯雨，冯雨转动着机灵智慧的眼珠，自信满满地向春妮点头示意"没问题"。春妮于是哈哈大笑着对尚董事长说："没问题，尚大哥，一定达标。"

为了尽快对老虎山煤矿的煤质做出新的评估，春妮陪着化验员杨斌坐着冯雨开的吉普车，风雨无阻地深入老虎山煤矿走访调查，采取煤样，饥一顿饱一顿的，有时在半路上随便吃点儿什么充饥。他们成了一家烩菜馆的常客。这家烩菜馆开在拉煤路上，被飞扬的煤末笼罩着，要不是房檐上那只高高挂起的大红灯笼和那扑鼻的香味，真的很难找到这家烩菜馆。

冯雨担心有洁癖的春妮嫌弃烩菜馆不卫生，每次在吃饭前都会打一盆热水放在凳子上招呼春妮："姐姐，过来洗洗手。"春妮比冯雨大几岁，冯雨张口闭口叫她姐姐，叫得春妮心里麻酥酥的。冯雨的身影和声音总是让春妮想起春生。她想起春生的遗愿，总是鼻子一酸，眼角不由得溢出热泪。为了实现春生的遗愿，她毫不顾忌别人的说三道四和指指点点，常常和冯雨一起陪着煤炭公司化验员杨斌多次钻进矿井采取煤样。

一次去煤矿的路上，突然大雨滂沱，雷电交加，冯雨开着吉普车在拉煤车的狭缝里钻来钻去快速前行，雨中路滑，吉普车的方向盘突然失灵，车子猛地在闪电中打了个转，被前行的煤车撞至路旁山坡上仰面朝天。

"春妮，春妮……"冯雨着急地大声呼唤，不顾一切地护着春妮。春妮被突如其来的翻车吓蒙了，她仿佛听到了春生的呼唤声。为了保护春妮，冯雨手指关节受伤，脑袋被破碎的玻璃划伤了，流血不止。坐在后排的化验员杨斌脚趾和踝关节受伤。三个人从破碎的车窗钻出，春妮红着眼圈说："活着就好。"他们流着血，淌着泪，相互注视着对方，"哈哈哈"地傻笑着，大家庆幸自己还活着，一瘸一拐爬上路面。"天呀！"春妮惊叫一声，"煤车，煤……"几辆拉煤车转眼消失在路面上的一片黑影里。那个黑影仿佛是一个魔鬼，静静吞噬着拉煤车，几个人吓出一身冷汗。恍惚间春妮焦急地呼喊："春生，危险！"冯雨惊醒似的伸开双臂大声呼喊："停车，停车！"拉煤车司机没听见，车轰隆隆冲过去，如此，一辆，两辆……毫无悬念地冲进黑影……

"老天呀！"春妮号啕大哭。情急之下，冯雨、春妮、杨斌三个人手牵手扯开了屏障，横挡在路上，大声呼喊："停车，停车！"一辆煤车放慢了速度，绕过他们，加大油门儿，司机大声咆哮："找死啊！"煤车冲进黑影消失了。暴雨如鞭子般狠狠地抽打着大地，狂风裹挟着雨点，掀起一阵阵巨大的雨雾，三人在雨中伸展胳膊，拉开距离。一辆小车，在他们身边探头骂道："找死啊！"冯雨忍痛迅速跃上车头，猛地撞击着车窗。"不要命了！"滑行的小车司机打开窗户怒吼。"兄弟，路面塌陷！"即将冲进黑影的小车司机似信非信，骂骂咧咧地停车一看，扶起冯雨千恩万谢。他把小车停在路中央，在闪电和暴风雨中悲壮地与三人一起筑起了一道人墙，唱起了信天游，挡住了拉煤车，阻止了魔鬼的继续吞噬。

二十七

麟州医院院长孔明听说妇产科医生春妮跑煤矿，特邀春妮说："你来麟州医院妇产科帮帮忙吧，负责科室管理，期盼你的到来啊！"

春妮和冯雨商量，冯雨说："我看行，不脱离患者，还能抽空跑跑煤炭销售，正好一举两得啊！"得到冯雨的支持后，春妮想，自己的两周休假到期了，调动也没音信，便索性给上海都市医院的领导请了长假。小手术对春妮来说轻车熟路，她干起活儿来还是那样兢兢业业。她在民营医院门诊开展工作，并负责代培两个卫校毕业生。春妮觉得，只要自己对患者掏出真心，定能换来患者对自己的信任和尊重。春妮由于工作比较忙，只能利用休息时间继续关注煤炭的运销。

春妮对一些煤炭业务一窍不通，比如过境费及税费的缴纳等，这些业务都由冯雨负责。春妮只负责煤炭公司各部门之间的沟通，进行每月上煤数量登记等。

在冯雨和春妮的奔波下，在煤炭公司尚董事长的支持下，老虎山煤矿终于起死回生，煤炭供不应求。为了降低成本，冯雨组织召开村委会，商量在三道峁、蓝空等煤矿买煤补充。当时这些煤矿挖出来的煤堆积成山，只有冯雨的老虎山煤矿生机勃勃，拉煤车日夜不停地运送煤炭。

三道峁煤矿矿长和一些个体煤矿矿长试图花重金收买春妮，说："帮助见见尚满董事长足矣。"为了不给董事长找麻烦，春妮一一拒绝了。化验员杨斌说："煤的质量不如以前好了。"春妮听了杨斌的反映后，要求冯雨停止掺和其他煤矿的煤。鄂尔多斯煤炭公司董事会有人对尚董事长说："用老虎山煤矿的煤，舍近求远，价格又昂贵，不划算。"为了减轻董事长的压力，疏通各部门的关系，春妮利用节假日经常给公司的员工及其家属义务进行妇科病体检。春妮的汗水换来人们对她的信任。冯雨的老虎山煤矿经营得风生水起，拉煤车日夜奔跑，村民分红利润倍增，他们数着厚厚的人民币，喜气洋洋，竖着拇指赞叹冯雨和春妮不愧为石峁儿女。每逢此时，春妮便想起了春生，希望他在天之灵能得到安息。

春妮对村民们说："我们都是石峁儿女，本是同根生，缘分把我们连在了一起。"

冯雨在村民委员会上研究决定，趁热打铁，把村办煤矿卖给有实力的大公司经营，然后乘着国家石峁考古的东风，发掘石峁文化遗址，保护高家堡古镇，开发古镇旅游业。秃尾河流经高家堡古镇，水面泛起细小的涟漪，一切沐浴在这清新自然、恬淡祥和的古色古韵中，开发旅游业势不可当。春妮疑惑地问冯雨："真要卖煤矿？卖多少钱啊？""咱煤矿占地七点五平方公里，储藏量达几亿吨，煤层厚，低灰低硫，高热量，有矿井，有水井，有路，有砖瓦房两栋，肯定会有大公司来评估的。"冯雨信心满满地说。春妮听了冯雨的简单述说，准备去找一趟尚董事长。尚董事长工作繁忙，送走一个又一个来访者，稍有空闲，春妮轻轻喊了一声"尚大哥"。尚董事长了解了春妮的来意后，放下手中的文件，站起来两手叉腰转动腰部舒展筋骨，在办公室踱来踱去，思索着说道："老虎山嘛，那个矿的煤质我们都分析过了，不错！你们为什么要卖煤矿呢？"春妮如实回答道："冯雨说卖了煤矿带着村民一道投资，开发高家堡古镇旅游业。""好事啊，开发石峁考古事业,好事啊!"尚董事长赞叹道。尚董事长想了想又说:"好吧,有时间我带技术员和副总一块儿去煤矿看看,综合评估下。不过,那地方去一趟太远,隔了省份,有点儿折腾。""没事,就当旅游一回嘛,带上嫂子和副总郎平的夫人秋梅。"春妮马上给尚董事长暗示了她和副总的夫人关系不错,以此解除尚董事长的顾虑。

副总郎平有点儿清冷,总是一脸冷酷的样子,春妮几次和他打招呼,他都爱理不理,故意疏远。他的夫人是煤炭局工会主席,春妮经常去煤炭局办理业务,早就和她搞好了关系。从春妮那得知尚董事长会来老虎山煤矿考察和评估的消息后,冯雨带领全体村民,群策群力,马不停蹄加班加点整顿煤矿,重新修缮矿井,在光秃秃的山顶上又盖了两栋砖瓦房,还扩建了矿井面积,拓宽了矿区拐弯处的拉煤道路。半年后,冯雨告诉春妮:"万事俱备,只欠东风。只要尚满董事长他们能来,村里一定宰猪杀羊,敲锣打鼓闹秧歌,热烈欢迎一番。"几天后,胸怀远大目标的尚满董事长,为了支持国家对石峁的考古工作,保护高家堡古镇,开发高家堡古镇旅游事业,初步考虑整合老虎山煤矿。趁节假日休息时间,尚董事长和副总郎平,偕各自的夫人,准备一同去考察老虎山煤矿,顺便在石峁高家堡古镇观光旅游一番。

一见到春妮,尚董事长便对春妮说:"这个煤矿我反复思考过了，煤质好，热量高，符合宝钢的用煤标准，只要煤层厚，储量大，对公司的发展有益而无害。我们收回来重新整合扩建，有机会的话，再进一步和麟州县煤炭局协商联合扩大经营范围，为公司上市助一臂之力。"尚董事长越说越激动，竟忘记了听他说话的只是一个妇产科女医生，根本听不懂他说的这些商机。

春妮带着大家一路风尘仆仆地到了煤矿，冯雨热情地端茶倒水，摆上瓜子、苹果、西瓜招待贵客，还蒸了一大锅本地新鲜玉米、山药，凉拌了杏仁、花生米、苦菜，用这些原汁原味的石峁农产品给大家垫一下肚子。尚董事长坚持亲自去矿井看看。冯雨给他们换了高筒雨鞋，戴了安全帽，和尚董事长、副总郎平、秘书、研究员、化验员一行人下了井。尚董事长主要是想看看煤层的厚度和井底的扩展情况，还有矿井的源头走向……在春妮的提醒下，冯雨又带了煤矿的安全员和保安为大家保驾护航。

春妮以及矿上的后勤人员陪伴尚夫人和郎夫人继续在屋里聊天。尚夫人话不多，语速慢，常常带着腼腆的微笑，让人感到平易近人、亲切和蔼。郎夫人秋梅提议："我们去外面透透气吧。"春妮索性带着他们去石峁山。看着沉甸甸的谷穗、饱满的玉米，以及大片大片的苦菜，尚夫人脸上露出了一丝喜悦，慢悠悠地说："今年的收成不错，苦菜都这么鲜嫩啊！""是的。"春妮看着漫山绿油油的苦菜，对春生的思念之情再次涌上心头。她弯下腰拔了几棵带花苦菜，远远望着春生的墓碑，不禁红了眼圈。"一个在那山上哟，一个在那沟……泪格蛋蛋抛在哎呀玉米林。"不知情的郎夫人秋梅触景生情，随机改编了歌词放声大唱，自编自演，哈哈大笑，笑声响彻了石峁山。春妮想，春生在天有灵，一定会看到自己和冯雨正在一步步实现他的遗愿。冯雨带着尚董事长一行人终于从矿井出来了，他们一个个满脸黢黑，不顾别人嘲笑，爬上了老虎山山顶俯瞰矿区，大致预估了煤矿所占面积，掐指估计了煤矿储量。

冯雨准备杀猪宰羊招待贵客，尚夫人和朗夫人却坚持要去麟州古城吃饭。朗夫人说："我们随便吃点儿麟州县特色小吃，然后去二郎山游览一下，那里的风景也挺美啊！"

尚董事长和副总郎平明白了两位夫人的用意，且说且坐上汽车要走。冯雨看他们坚持要走，便说："要吃麟州风味，好啊，我们去古城招待大家，那里风味小吃太多了。"他们在路上看到了山体滑坡的警示标志，巨大的石头悬在汽车上方，春妮通过车窗望去，心惊胆战，默默祈祷尚满大哥一行人平安无事。他们终于走出那段红色警告危险区，春妮长长地松了口气。冯雨带大家走进了麟州县一家风味小吃饭馆，点了粉浆饭、卤肉夹馍、羊杂碎、碗饦、粉糊糊、炖羊肉等特色美食。大家边吃边聊，不断传出欢声笑语。吃完饭后，春妮和冯雨又带大家逛了二郎山。

二十八

尚董事长一行经过实地考察后，觉得冯雨的老虎山煤矿很有发展潜力，煤矿煤质好，储藏量大，煤层厚，从储煤的源头上评估有继续扩展的余地，值得收购整合。

尚董事长告诉春妮："你让冯雨先别着急，买一个煤矿花几百万元，也不是那么容易啊！麟州县煤炭局答应帮我们重新找专家再评估一下，我们也要派出专家再进一步考察煤田的面积和储量，落实一下具体事项。这个煤矿收购回来的话能够持续为上海宝钢供煤，对公司的发展来说还是很有利的。"

春妮带着尚董事长一行去老虎山煤矿的事，被公司传得神乎其神，说什么的都有。有人说："春妮真厉害，能把老板请到那么远的煤矿去，老板连自己的煤矿都没时间去，怎么可能被春妮忽悠着去她那个村办煤矿呢？"

春妮听到闲言碎语后，感觉再也不好意思接近尚董事长了，生怕给尚董事长工作上带来麻烦，影响了他的形象。有一次她和尚董事长说了此事，尚董事长却笑嘻嘻地对春妮说:"没事,春妮,现在他们不理解,等事情办成了,他们自然就会明白。"

后来,不管别人怎么想,春妮都坚信"身正不怕影子斜",她为了实现卖煤矿发展旅游的规划,一有时间就跑尚董事长的公司,光明正大地进出尚董事长的办公室。

春妮常常为了等尚董事长问他一句话,要排队一上午,或者几天都见不到尚董事长一面。没办法,有时,她实在见不到尚董事长,着急问事,就只能把自己的问题和想法写成一封信递给尚董事长的司机,让他转交给尚董事长。

尚董事长的煤炭公司又派专人进驻冯雨的老虎山煤矿,详细了解信息,并与麟州县煤炭局合作,重新进行煤矿评估和审核,还动用了矿产局和国资委帮忙勘探。这些都是冯雨每天配合着跑前跑后。

因为合作煤矿生意已经一年多了,春妮和冯雨的关系也处得犹如姐弟一样融洽。冯雨很敬佩春妮的为人,春妮也常常在冯雨身上看到春生的影子。二人即使意见不同,观点不一,也会认真倾听对方的想法,最后统一观点,因此合作得非常默契。

老虎山煤矿被尚董事长的煤炭公司收购整合即将签约,春妮没有跟冯雨提分成多少的问题。她想,自己与冯雨一起合作经营煤矿,是为了实现春生的遗愿,带领村民致富,把石峁文化传承下去,让年轻小伙再也不愁找婆姨，让子孙后代为生在石峁山下而自豪。她不想因为自己的分成，影响老虎山煤矿的收购整合。她想通过自己的努力为故乡石峁文化的传承添砖加瓦，对得起已故的春生，让他在石峁山顶静默安息，永垂不朽。

春妮主动打电话给冯雨说："少卖点儿钱也行，权当是扣除我那部分分成呗。"冯雨说："不可能！"春妮给冯雨做思想工作说："我觉得价格差不多就可以出手，公司不可能再给你调高价位了，如果再坚持下去，也许竹篮打水一场空，我们要懂得适可而止。"在春妮的劝说下，冯雨和村委会协商，终于同意以三百万的价格卖掉煤矿。

在与冯雨的默契合作下，在尚董事长的支持下，春妮终于实现了初恋春生的遗愿。春妮心里终于放下了一切，准备轻装上路，重返上海，继续闯荡。

没想到，她拿到飞机票的那一刻，法院通知她速去市法院。原来丈夫杨帆回乡祭奠祖宗时，烧纸失火，烧了一座大山，漫山遍野的荒草、树木化为灰烬。闷葫芦杨帆被眼前的大火吓得目瞪口呆，晕倒在坟茔。

杨帆因个人过失导致引起山火，可能要面临刑事处罚。春妮得知这一消息后，没有幸灾乐祸，只是为女儿担心。她终于放下了压抑在心头已久的仇恨，投入新征程。